GEORGES BEAUME

LUNE

Roman moderne

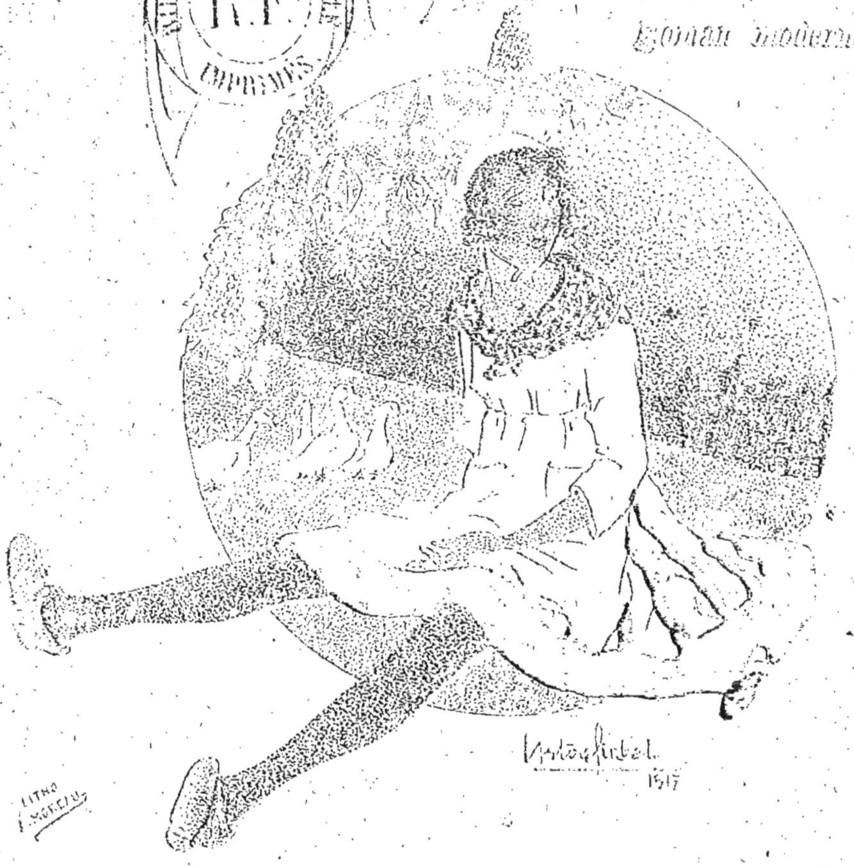

Librairie des Romans Choisis
94, Avenue de la République, 94
PARIS

Georges BEAUME

FINE

LIBRAIRIE DES ROMANS CHOISIS

84, Avenue de la République, 84

PARIS

FINE

I

C'est la route de Caussade.

Elle dévale toute roide du petit plateau, où se rassemble le gros village de Montpezat-du-Quercy. Après avoir séparé deux vallons, creusés comme des cuves où bout la lumière du soleil, elle déroule vers le fuyant horizon sa clarté grise.

Un peu partout, des blés, des avoines, des vignes, des champs de topinambours, mettent leurs clartés vertes, jaunes et rouges. Dans les combes onduleuses, sur la cime et les flancs des coteaux, des métairies émergent, sordides et discrètes.

Et d'autres routes s'enchevêtrent parmi les cultures et les bois, vers des villages, vers d'antiques châteaux embourgeoisés, au Tarn, à l'Aveyron, à Molières, à Castelnau-de-Monratier.

Une fillette de quatorze ans, brune comme une mûre sauvage, le sang aux joues, la peau dure, lustrée par le soleil et par le vent, gardait ses oies, ce matin. Assise au pied d'un arbre, les jambes ballantes, elle tournait le dos à la route.

Au loin, des grelots bruissaient avec un gai refrain de retour. Cette musique, dans le silence de la terre, réveilla doucement la fillette qui s'était assoupie. Elle se leva, curieuse, amusée.

Et de n'être plus seule avec ses oies, d'avoir à occuper son imagination, son cœur battit d'un plaisir étrange.

Le roulement des roues rapides s'avança bientôt. Au coude de la montée, apparut un attelage bien connu dans le Quercy.

La fillette, qui avait marché vers le bruit, s'arrêta.

Sur la côte raide, la voiture, s'étant ralentie, grimpa lentement. Les oies, à coups d'ailes craintives, se groupèrent autour de la paysanne, contre ses sabots.

Les chevaux gravissaient la côte avec effort, en agitant la queue sur leurs flancs en sueur, en donnant des coups de tête à droite et à gauche, pour épier.

La fillette, ébahie, regardait l'attelage du riche.

Les grelots ne tintaient plus qu'à peine, autour des colliers rouges liserés de cuir bleu. Elle écarta, d'un élan de sa gaule, les oies qui, sottement, s'approchaient des roues.

Ses yeux sensuels de pauvresse dévisageaient le jeune homme qui tenait les rênes.

M. Maurice de Valdeize revenait de Montauban avec son vieux domestique, Francès. Et lui qui avait maraudé l'amour à travers le monde, abusé des femmes de tout ordre et de toute couleur, s'intéressait maintenant à une pastoure qu'il croyait niaise.

La santé des campagnes l'avait gardé viril et sensible, tel qu'un jouvenceau.

Il avait le feu aux joues, ses mains étaient piquées de frissons. Il se détournait pour voir la pastoure encore, pour emporter d'elle un souvenir.

La pastoure, intriguée par la curiosité de M. de Valdeize, regardait ardemment l'attelage.

Soudain, les premières maisons du bourg, au bout de la côte, le lui déroba. Elle tressaillit d'un malaise.

Pourtant, il lui semblait que le monsieur du château avait tendu la main vers elle, en un salut d'amitié, pour se moquer peut-être.

C'est qu'il était connu comme le loup blanc, M. Maurice. Il

portait le nom du château, aujourd'hui démoli, qui autrefois commandait aux campagnes quercynoises.

La pastoure descendit chez elle, au creux du val.

Elle songeait à M. Maurice, dont jamais elle ne toucherait les mains précieuses et aussi à la voiture, à tous les attelages de chevaux, qui jamais ne porteraient son corps que, dans son innocence, elle méprisait.

La mère était encore seule, à la chaumière. De figure pâlotte, les yeux gris, Philomène tournaillait dans la salle commune, où déjà mijotait une soupe de fèves.

— Te voilà, Fine ?... C'est bien tôt.

La pastoure, sans répondre, conduisit ses oies derrière la maison, en un coin de luzerne.

Là, sa sœur, accroupie entre les racines déchaussées d'un chêne, coupait des amandes à coups de pierre.

Reine était l'enfant gâté de la famille, sans doute à cause de ses goûts de vagabondage, de maraude. Des journées entières, elle trottait par les champs, jusqu'au village de la Madelaine où elle se faisait inviter à manger et à boire par des farauds, qui étaient parfois ses aînés de beaucoup.

Les jambes étendues, elle grignotait ses amandes, et, distraite par des moineaux qui se chicanaient dans un buisson, elle frottait ses lèvres de sa langue rose, ou relevait sur son front bosselé de cheveux roux.

— Veux-tu quelques amandes, Fine ?

Reine tendait son bras demi nu, marqué de cicatrices. Ses yeux bleus luisaient de plaisir, naïvement.

— Elles sont bonnes, goûte. Je les ai trouvées au dessous du Fayal, à l'ancienne source.

— Non.

— Hé !... Qu'as-tu ?... Une amourette !... Ça te vient, à toi aussi ?

— Non. Je suis trop jeune.

— Tu n'es plus jeune. Tu as pris racine dans la vie, et il te faudra du soleil et de la pluie, le rire des hommes et leur méchanceté de jaloux.

— Non.

— Si !... Tu es grande : ton corps a, partout où il faut, ses parures, comme l'arbre ses feuilles. Le bon Dieu ne nous défend pas d'en jouir, puisqu'il nous l'a donné : il est notre seul trésor, à nous.

— Ça, un trésor ? répliqua Fine, qui frappait avec colère ses hanches rondes.

— Seulement, ajouta Reine à voix basse, sache, s'il est neuf, en tirer un meilleur parti que moi...

Fine restait debout.

Se plaisant à voir sa sœur s'égayer, elle semblait ne plus l'entendre.

Et pourtant, les conseils de Reine troublaient avec délices son cœur d'enfant, ses sens éveillés de femme.

Une rumeur de pas précipités, pareille au roulement du tonnerre, s'élevèrent peu à peu, de l'entrée du val. C'étaient les taurins qui revenaient du pâturage, en folâtrant, en se cherchant les cornes.

Devant l'étable ouverte, avant d'y pénétrer, ils beuglèrent.

Caliste, le chef de la famille, suivait ses bêtes. Il enfila la longue allée de pruniers, à gauche et à droite de laquelle se répandaient des ceps et des légumes, et, sans entrer dans la maison, il s'assit sur le banc de pierre, qui était scellé au mur, entre la porte et la fenêtre du réduit, où couchaient Fine avec Reine.

— Hé bé, Philomène, demanda-t-il, en se penchant vers le seuil, est-ce que notre aîné est revenu ?

— Pas encore.

— Voici nos héritières... La soupe sent bon les fèves, crödi !

Toine se montra aussitôt, là-bas, dans le chemin.

Un moment, la main sur la branche d'osier qui ferme la petite porte à claire-voie, il se mit à causer avec Marthe, la veuve de cette chaumière, qu'on entrevoyait parmi les ormes, de l'autre côté du ruisseau.

Marthe, de loin, dit bonjour au père Caliste. Toine s'avança chez lui.

C'était un gaillard, brun, de dix-huit ans, tandis que Reine, la cadette, en avait seize. Philomène avait donné trois en-

Les jambes étendues, elle grignotait ses amandes (page 4).

fants à son maître, un tous les deux automnes, à l'époque des vendanges.

Mais les Maurac, dans les bombances d'amour qui ne coûtent un centime à personne, s'étaient arrêtés tout d'un coup.

La chaumière suait la pauvreté, de même que toutes alentour et au loin.

Son toit en rocailles et en morceaux de briques abritait de

ses versants roides les murs non récrépits, amassés en rec-
tangle, roche après roche. Trois compartiments s'y abritaient,
ou plutôt deux.

L'étable occupait la moitié du logis, assez spacieuse pour
deux taureaux, un cochon, et pour Toine, lequel couchait
sur de la paille, dans un coin.

Les vieux couchaient au fond de la salle commune, où derrière un tas de bois, Reine et Fine se réfugiaient le soir.

Les Maurac se croyaient très pauvres : ils se chamail-
laient aux moindres propos, b'en que le ménage ne souffrît
de rien.

L'ambition du maître, c'était d'avoir, ainsi que ses camarades, sa carriole à lui, une belle vigne, un pré plus impor-
tant, et aussi un blé, et puis une luzerne, enfin de quoi faire
toute l'année enrager une paire de bœufs.

Toine déjà mordait au besoin de posséder quelque terre
au soleil.

Ce soir-là, Toine vantait une chèvre aperçue dans un clos,
une chèvre pleine. Il avoua son dessein d'en acquérir une, à
l'occasion. Plus tard, on aurait un troupeau.

— Tu ! Tu ! Tu !... flûta Caliste. Moi j'aimerais mieux garder l'argent pour laisser croître nos taurins, et une fois
qu'ils seraient forts, nous irions labourer pour les riches, et
ça ferait rudement notre affaire...

Philomène sommeillait sur sa chaise, les bras croisés.

Les filles dormaient dans leur réduit, sous les mêmes cou-
vertures.

Toine alla s'allonger sur sa couchette. En fermant la
porte de l'étable, il ne songeait qu'à sa chèvre.

II

M. Maurice de Valdeize ne parvenait pas à mettre un nom,
un souvenir quelconque, sur la figure de cette pastoure qu'il
avait rencontrée par hasard, et qui, dans ce cadre de montagnes, lui paraissait jolie, si drôle, en sa jupe trop courte.

Il s'irritait de ne pouvoir chasser de son esprit l'apparition
fugitive d'une paysanne.

Sa mère surveillait, au dehors, les travailleurs.

Il possédait les propriétés à plus d'une lieue à la ronde,
jusqu'au ruisseau de l'Emboulas, vers l'Est, et jusque dans le
territoire de Molières, à l'ouest.

Les paysans redoutaient son pas et sa voix autant que la
sécheresse et la grêle.

Néanmoins, on l'aimait.

Tous les terriens, soumis au service de M. Maurice, pro-
fitaient d'une sécurité bienheureuse : bêtes et gens mangeaient à leur contentement, jouissaient de loisirs raisonna-
bles. Aussi, rendaient-ils chaque année beaucoup plus de bé-
néfice qu'au temps du vieux.

Le château ne gardait plus rien de sa seigneurie d'autrefois.

Rien de terrible sur sa peau bourgeoise ; rien de noble
en son intérieur. Tout y était blanchi à la chaux, comme
dans une auberge de Molières.

D'abord, on arrivait par une vaste porte grillée, devant
laquelle une aire inutile montrait son mûrier légendaire, son
coin de fumier et une conque pour le bétail.

Sur la cour carrée, encombrée de charrettes, de barriques
et de volailles, donnaient les seuils de la ferme, de la maison
patronale et des écuries.

Maurice, à l'étonnement de sa mère, s'était vite façonné à
l'existence de son château, que l'ancien, un jour de fantaisie, après des débauches sans compte, avait reçu de sa femme, en échange de son titre nobiliaire.

Ses jours semblaient réglés sur une pendule : ses heures s'écoulaient égales.

Il vivait heureux, des joies de la terre.

Comme tous les soirs, il s'assit devant sa porte, sur le banc de pierre blanche.

Suzanne, la fermière, toujours de garde au château, apparut en tricotant.

Elle était grande, charnue, avec des bras de laboureur ; ses yeux châtains souriaient, comme l'eau fraîche au soleil ; ses joues, creusées de fossettes, lui donnaient, à trente ans, la fraîcheur d'une demoiselle, lorsqu'elle n'avait pas bêché son jardin ou lessivé son linge.

Elle s'assit également sur son banc de pierre, celui de la ferme, dans le cadre d'une treille et s'offrit, selon l'habitude, aux questions de M. Maurice, à ses taquineries.

M. Maurice ne parlait pas, ce soir.

Avec la familiarité des campagnes, Suzanne l'interrogea :

— Vous n'êtes pas content ?

— Pourquoi ça ? répondit-il.

— Je ne sais pas, moi. Quelque amourette !...

— Hein !...

— Vous avez tort de bouder. Il vous est si facile d'attraper la poule qui vous plaît !...

— Erreur, Suzanne.

— Que non !... Nul ne rechigne devant l'argent.

— Ici, oui, peut-être, sur mon territoire.

— Ici, et partout.

— Non. Plus loin que chez nous, ce serait du scandale.

Suzanne le questionna de nouveau, avec une curiosité croissante.

Elle eut beau rire, se trémousser, sa gorge pâle au vent. Il ne répondit plus. C'était le maître.

Au-dessus de lui, l'horloge solaire marquait quatre heures. Dans un coin, contre la ferme et le mur de la cuisine des patrons, un chien dormait.

III

De l'autre côté du ruisseau de l'Espigne, la demeure des Radel, à demi penchée sur la berge du ruisseau, se dessinait parmi des ormes et des arbres fruitiers.

La veuve Marthe vivait seule avec son fils Adrien, un gars blême qui avait fait sa première communion la même année que Toine. Le père, Hilari, était mort depuis longtemps.

Il avait laissé ce pré, dans l'étranglement des deux coteaux ardus, ce bout de luzerne au delà, voisine du pâturage des Maurac, et, en deçà, la vigne escaladant la montagne, qui se mire dans le ruisseau.

Tout avait lentement périclité, en ce menu patrimoine gonflé de verdure. Le maître était mort trop tôt.

Dans l'unique étage du moulin, la mère et le fils avaient pu aisément s'établir une alcôve, chacune éclairée d'une fenêtre. Par-dessus, ainsi qu'une tourelle piquée d'une flèche, s'élevait un pigeonnier dont la planchette, enfoncée sous un double trou, servait de passerelle aux oiseaux du bosquet.

En bas, la cuisine conservait intactes ses dalles de plusieurs siècles, avec sa table de noyer, son armoire à linge, son buffet pataud, son âtre noir où ronflait une chatte, et ses chapelets de jambons et de saucisses, suspendus aux poutrelles que parcourent des guirlandes d'oignons et de peaux d'orange.

Tout contre, occupant l'autre moitié du rez-de-chaussée, l'étable, au portail à deux battants, donnait sur un chemin parsemé d'herbe jaune.

Souvent, même quand le ruisseau ne coulait qu'une onde

insuffisante, les ménagères descendaient à l'Espigne lessiver leur linge, le tendre sur des cordes attachées de peuplier en peuplier, de l'autre côté du val, près du paturage des Maurac.

Là aussi, auprès de ces arbres à la tige impassible, mais dont le feuillage, sur la cime, a des frémissements de drapeau, les voisins, Fine, Toine, Adrien, se rencontrent parfois, vers le soir, avant ou après la soupe.

Sur l'herbe, il y a encore des odeurs de savonnade, des reliefs de mangeaille, laissés par les ménagères. Mais les camarades sont seuls, ils parlent de leurs affaires rustiques, toujours les mêmes.

L'ombre peu à peu les plie dans ses voiles.

Rarement, Reine vient en rôdant les rejoindre. Elle s'allonge, la tête vers les étoiles, dans un creux qu'elle réchauffe bientôt, sans écouter les histoires fièrement débitées par Toine, qui fréquente les cabarets, le dimanche.

La plupart du temps, ils ne soufflent mot : épuisés par le travail, ils attendent, au frais de la nuit qui monte en lents remous, que les chiens n'aient plus de voix, pour se répondre de métairie en métairie.

Alors, ils vont à leurs couchettes sans se dire bonsoir, les bras ballants, tous insensibles au silence qui berce les ténèbres.

Caliste ne les dérange jamais : il fume sa pipe devant la porte, tandis que Philomène jette ses jupes sur la table et murmure, à genoux sur le carreau, une prière avant de monter au lit.

Marthe non plus ne sort de sa cuisine.

A peine, certains soirs, s'assied-elle sur la terrasse. Mais elle craint de s'endormir au gazouillement de l'eau.

Car le garde-champêtre Ambroise, qui visite beaucoup la veuve, pourrait survenir, en veine de gaieté. C'est un homme fort et doux, un fonctionnaire, un personnage.

Avec ce pauvre Radel, ils étaient une paire d'amis.

IV.

— Fine ?

La pastoure, qui reconduisait son troupeau d'oies à la chaumière, se détourna.

— Fine ?

Adrien appelait son amie d'une voix engageante.

Un bras noué au tronc d'un saule qui se penchait vers le ruisseau, près d'un chemin délaissé, il renouvela son signe d'appel, avec un clignement malicieux du visage.

— Fine ?... Je veux te dire quelque chose.

— Et quoi ?

— Je t'amuserai. Ecoute !...

— Alors, attends un peu, répondit Fine à mi-voix.

Elle frappa dans ses mains, puis adressant de tous côtés des coups de gaule, elle poussa les oies vers sa luzerne.

Philomène, encore seule, travaillait à la cuisine.

Les autres travaillaient loin, pour la moisson du notaire. Ils rentreraient tard.

Fine pouvait donc se payer du bon temps. Alors, abandonnant son maigre troupeau, elle descendit jusqu'au ruisseau presque à sec, sautilla sur les grosses pierres alignées qui traversent le flot, et monta sur la berge, auprès de l'héritier du moulin.

A son air de mystère, Fine comprit qu'il avait une nouvelle importante à lui annoncer, un plaisir à prendre.

Elle lui donna une tape sur l'oreille, et enfin, à côté de lui, se coucha de tout son long.

La sérieuse chanson du courant, si bien connue de leur

être qu'ils l'entendaient parfois au milieu de leurs songes, la nuit, résonnait avec mélancolie.

Ils demeurèrent muets, comme empêchés d'élever la voix dans leur solitude.

— Hé bé ? gazouilla Fine. Hé bé ?... Pourquoi donc m'as-tu appelée ?

Elle le frappait sur les mains, sur la poitrine.

La pastoure, qui reconduisait son troupeau d'oies à la chaumière, se détourna (page 8).

Adrien, qui l'avait regardée à plusieurs reprises, en souriant toujours avec malignité, fixa sur elle ses yeux ternes, où à présent brillait de la convoitise.

Après une pause, il se frotta les poings sur les genoux, et s'expliqua :

— Devine où je vais demain, Fine ?

— Oh !... Je ne devine pas, je ne cherche pas... Ça me fatiguerait la cervelle.

— Elle est bien petite, alors

— Comme celle d'une oie.

Ils rirent à grand tumulte, en se poussant l'un contre l'autre, et si fort que leurs bouches se rencontrèrent avec douleur.

Fine cracha, éternua, des larmes aux yeux.

Adrien, pour qu'elle restât, dut la presser par la taille.

— Je ne veux plus que tu t'en ailles, cria-t-il.

— Tu m'as fait mal.

— L'amitié rentre.

— Allons, ne fais pas l'intelligent... Parle-moi : où vas-tu demain ?

— A la Madelaine.

— Ah !... Pourquoi faire ?

La pastoure s'étonnait du voyage qu'Adrien allait entreprendre à l'improviste. Sa figure s'alluma d'une tristesse.

Ils se regardaient, penauds, semblables à des enfants qui vont pleurer. Adrien allait partir.

Et pour combien de temps, mon Dieu !...

L'Espigne n'aurait plus d'écho pour lui répondre, quand elle aurait envie de parler à quelqu'un et de rire, ou de pleurer...

Mais Adrien lui pouffa de rire dans le visage. C'était pour s'amuser, pour éprouver peut-être l'amitié de Fine, qu'il l'avait effrayée.

Elle, d'un ton maussade, bougonna :

— Tu te moques de moi, Adrien, c'est très mal. Je m'en vais.

Elle lui mit devant les yeux sa main menaçante, tandis qu'il riait toujours, mais de bonne et innocente humeur, cette fois.

— Ne t'en va pas, Fine. Petite nigaude !...

— Non, non !... Je ne veux pas que les garçons se moquent de moi.

— Ce n'est pas moi que tu auras jamais à craindre : moi, ton camarade, un fils de veuve !

— Et qui, alors ?...

— Les riches !... Qu'ils soient jeunes ou vieux, ils nous méprisent, du haut de leur fortune.

Pour l'empêcher de déguerpir, Adrien la retenait par la jupe. Elle ne se révoltait point, d'ailleurs.

Elle se rasseyait, avec une langueur qui lui était douloureuse, parce que, aux évocations du faraud, elle songeait étrangement à M. Maurice de Valdeize.

Adrien, patient, la consolait :

— Petite nigaude, je vais demain à la Madelaine, oui, c'est vrai, mais pour vendre des volailles, que ma mère me confie, et je reviendrai le soir.

— Ah ! tant mieux !... Et tu auras tant d'argent sur toi ?... Et tu n'auras pas peur sur la route ?

— Non. Est-ce que tu as peur, toi, quand tu vas seule avec tes oies ?

— Que pourrait-on me prendre à moi !

— A toi !... Plus que l'argent, coquine !... On te prendrait pour toujours la fleur de ta jeunesse, et tu sais qu'elle ne revient plus... Garde-toi, au moins, des riches qui connaissent les pires péchés.

— Oui, je me garderai !... répondit-elle, grave, contractée par l'orgueil de son corps intact et frais.

Elle se pressait contre le faraud, avec un sentiment de confiance, de prière, pour qu'il la protégeât du malheur qui, dans leur pauvreté, pouvait être.

Puis, ne se livrant guère, à son âge, à la pensée qui fatigue, elle reprit son allégresse de bestiole bien portante. Et, de contentement, elle poussa d'un coup de poing, contre le saule, Adrien qui était glorieux de l'avoir si longtemps émue.

Ils riaient à pleine gorge.

Déjà le crépuscule rayonnait, tout pâle, à l'horizon.

Dans le val l'obscurité tombait à menus plis flottants. Toine vint, de l'autre côté du ruisseau, faire boire les taurins à la grève basse, qui était tapissée de sable d'or et de cailloux bleus.

Alors, Adrien et Fine échangèrent un bonsoir, et la pastoure, descendant de la berge, suivit son frère à leur masure, pour la soupe.

Le lendemain, de bonne heure, Adrien partit, non sans avoir de sa mère enduré mille recommandations. Il emportait, dans un panier d'osier à double ouvrant, une paire de poules, une paire de canards et des œufs.

Dans le village, il vendit sa marchandise un bon prix, sans trop de querelles : seize francs en tout, une fortune gênante, qu'il changeait à chaque instant de poches.

Heureux et fier, il s'en revint lentement à Montpezat, après avoir dîné, auprès d'une claire fontaine, d'un chanteau de pain frotté d'ail.

Il descendait la dernière rampe, lorsque, au milieu du silence des terres, Fine sortit d'un bosquet, et d'un bond lui sauta dessus.

Brusque, bouleversé, il se détourna, menaça du bâton.

A la vue de Fine, un flot de sang lui monta au visage, à cause du plaisir d'être rassuré et de serrer entre ses bras la pastoure qui, n'ayant jamais possédé un sou à elle, participerait une heure de la gloire de son trésor.

— Tu m'as fait peur ! dit-il.

— J'ai voulu te jouer un tour. Je ne suis donc pas sotte, dis ?... Tu croyais un loup ?...

— C'est que les loups ne manquent pas, et des hommes pires que les loups, même au plein du jour. Tu as eu tort de t'aventurer sur ces terres, où tu ne viens jamais.

— Ne t'alarme pas pour Fine, va. Je sais me défendre.

— Hum !... Tu défendrais sans doute ta jupe et tes sabots !... Mais les loups n'ont pas faim de ça...

— Sais-tu combien je rapporte ?

— Ma foi, non ; une douzaine de francs, si tu n'as pas cassé des œufs...

— Quinze francs, mon amie !

— C'est magnifique. Ta mère va te payer à boire de la bière, dimanche.

Fine admirait son faraud, avec envie.

Il vit s'affermir le visage odorant de la pastoure, briller ses grands yeux noirs, si près de lui, qu'il se troubla, dans la joie de son gain, et qu'oubliant tout, leur terre sacrée, leurs maisons, leurs bêtes, il ne songea plus qu'à Fine, avec une jalousie croissante.

C'était grand matin.

Un jour d'août, exquis d'azur et de lumière. Des charrettes, chargées de fumier, ou de gerbes d'avoine, commençaient, par les chemins de l'immense campagne, leur travail de grosses fourmis.

Dans sa voiture pimpante, les grelots carillonnant, Maurice allait à Caussade. Le fidèle Francès l'accompagnait, son bâton entre les jambes.

L'un et l'autre, sans se confier leur pensée, songeaient à la pastoure. On la rencontrerait peut-être, dans une solitude, avec son troupeau d'oies, et le sentiment de cette espérance les étreignait délicieusement.

Ils traversèrent Montpezat, qui était morne, ses maisons closes.

Maurice, pour se leurrer soi-même d'une insouciance qu'il n'éprouvait pas une seconde, essaya de plaisanter :

— Ces gens-là ne craignent pas les maraudeurs... Personne n'est resté pour garder le village.

Il fouetta ses chevaux qui, tournant à droite, prirent la route qui descend longuement.

Francès branla sa vieille tête dure comme une massue, frappa d'un coup de bâton le tablier du siège, et glapit :

— Cré noun !... La petite n'est pas à son poste, ce matin !

Maurice, à la brutale évocation de son valet, rougit de plaisir. Il se félicitait de l'ardeur du rustre sans répugnance, qui le comprenait et lui donnait son dévouement.

Voici, en effet, vers le milieu de la côte, l'endroit chéri de la rencontre, gravé dans le souvenir des deux hommes. Maurice, pour le regarder à l'aise, contint ses chevaux qu'entraînait la descente.

Voici le champ de fèves incliné, surplombé par le bord broussailleux de la route, où, les jambes ballantes, la pastoure était assise ; le jeune platane où, debout, elle s'était accoudée pour voir s'éloigner la jolie voiture ; le tas de pierres marqué de chaux, sur lequel les oies s'étaient réfugiées.

Maintenant la route était déserte.

Maurice examina la terre alentour.

On entendait, çà et là, dans des cultures bordées de haies, des coups de pics, des sifflements de faux. Un pli de chagrin sillonnait le front de Maurice.

Il fit claquer son fouet, comme pour appeler les fées craintives du Quercy à son aide. Les chevaux repartirent à grande vitesse, et, de nouveau, les grelots dorés résonnèrent allègrement dans le silence.

La pastoure n'était pas loin.

La gaule entre les doigts, le coude sur les genoux, Fine était postée sur une pierre, au seuil d'un chemin, dont la boue sèche est ravagée d'ornières.

La voiture roule d'une allure rapide, égayée toujours des grelots qui sautillent sur les crinières des bêtes dociles.

Maurice soudain retrouve l'apparition, pour lui si belle de nouveauté, de poésie, au soleil de sa campagne. Ses mains avaient tremblé.

Francès le vit tout pâle tirer les rênes, claquer du fouet, avec agitation. Les chevaux déconcertés galopèrent, cahotant la voiture de ci de là. Francès avait levé la tête.

Lui aussi reconnut la pastoure, qu'il regardait fixement, avec l'émotion de savoir si elle sentait l'angoisse de son maître.

Celui-ci, vigoureux, apaisait enfin ses chevaux, qui se mirent au pas, comme sur le point de s'arrêter.

La route à présent filait droit, jusqu'à un coteau, dont une haie de mûres pétillait des étincelles du soleil.

Au coude brusque, vers le bas de la côte, où Fine était assise, un autre chemin sans fossés se dessinait à travers un riche domaine.

La pastoure s'était levée : curieuse, elle examinait la voiture avec l'admiration du premier jour, en portant les mains, des mains noiraudes, à sa bouche qui parut plus rouge.

Elle reconnut tout de suite, en frissonnant d'un plaisir étrange, M. de Valdeize, doué de tant de charmes, et le domestique Francès, le sourd. Le seigneur, si jeune, plus beau dans sa passion que le premier matin, l'observait si fixement, qu'elle eut de la timidité.

Elle se tourna vers ses oies.

Elle distribuait à droite et à gauche des coups de gaule, pour les amener au fond du chemin creux, lorsque Maurice arrêta net son attelage.

— Dis-moi, la pastoure !... demanda-t-il, est-ce que ce chemin sans fossé va à Caussade ?

Fine tressaillit d'étonnement, d'orgueil. Le riche daignait lui parler, et d'une voix si flatteuse.

Puis, elle eut peur, elle faillit s'échapper.

Mais un sentiment de curiosité, d'envie, la retenait debout sur le bord de la route, aux ordres du riche.

Francès, qui s'impatientait, répéta le geste de son maître, traduisit en patois sa question.

Fine, alors, éclata de rire, se recula, s'amusant de la malice des deux hommes, auxquels déjà elle se dérobait.

Fière de son courage, narquoise, elle répondit en français :

— Vous savez bien que ce chemin sans fossé appartient à un domaine, et que la route seule conduit à Caussade !...

— Une chose que nous ne savons pas, répartit Maurice, c'est ton nom... Comment t'appelles-tu ?

— Ça, par exemple !... Et, qu'en ferez-vous de mon nom ?

— Aucun mal, tu penses... Je ne puis, au contraire, que m'en servir chez moi, pour ton profit, un jour de fête ou de travail...

— Hé bé, je m'appelle Fine...

— Drôle de nom !... Joli, tout de même. Il me suffit. Je le retiendrai !...

— Ah !... Ah !...

Elle riait de nouveau, pour dissiper toute crainte. Maurice lui souriait aussi, la caressait des yeux.

Il n'hésitait plus : il allait parler de son château, d'un coin douillet que Suzanne, dans sa ferme, accorderait à la pastoure de Montpezat, lorsque de derrière les mûres sauvages d'un champ, où labouraient les taurins de Caliste, une voix gronda :

— Fine !... Fine !... Tu t'amuses !... Viens ici !...

C'était Toine qui rappelait sa sœur avec colère.

La main sur le timon de la charrue, il s'était arrêté au milieu du sillon. Lorsqu'il aperçut Fine au bas du talus de son labour, il l'interpella rudement :

— Est-ce qu'on bavarde sur la route ?... Est-ce qu'on se moque des riches ?...

— C'est M. de Valdeize... Je le connais bien. Il m'a demandé mon nom.

— Ah ! Tant mieux !... Que veut-il en faire ?

— Je ne sais pas...

Elle mentait un peu, et rougissant du mensonge ou du caprice d'ambition qui lui soulevait le cœur, elle se détourna.

— Regarde-moi, Fine !... gronda Toine de nouveau. Je ne veux pas que tu te moques des riches, surtout de M. Maurice.

— Il paraît si charitable, pas fier du tout.

— A plus forte raison pour le respecter... On ne peut pas savoir...

Il allait sermonner encore, lorsque la pastoure, prise d'une folle allégresse, déguerpit en riant. Les oies, balourdes, dans le chemin creux, la suivaient avec peine.

VI

On vendangeait encore au Quercy. Le phylloxéra n'avait pas dévoré toutes les vignes.

Par ce tendre soleil d'octobre, les charrettes de bœufs transportaient dans les granges des tas de monde pêle-mêle avec des comportes.

Les fouets, dans les moindres chemins, claquaient aussi nombreux que les jurons des rouliers venus de la Garonne.

Maurice comptait sur une récolte de trois semaines, laquelle exigeait une colle d'au moins quarante vendangeurs. Il paraissait absorbé par le souci de cette organisation.

Mais une pensée d'espérance, de bonheur, éclairait ses yeux.

Il chargea Francès d'embaucher son monde à Montpezat.

— Au moins, lui recommanda-t-il, n'oublie pas Fine.

— N'ayez pas peur, répondit le serviteur qui devinait, dans sa malice, les plus secrets désirs du maître.

Francès pour que Fine ne s'ennuyât pas trop les premiers

jours, ou ne s'effrayât point des familiarités de M. Maurice,
Francès embaucha Adrien en même temps que Fine.

Un beau matin, les deux enfants de l'Espigne partirent ensemble pour le château.

La pastoure avait appliqué sur son dos, comme un bou-
clier, son grand chapeau de paille ; Adrien portait son ha-
vre-sac sur une épaule.

L'aube grisaillait dans les brumes pâles.

Ils marchaient lentement, chacun sur un côté de la route.

Adrien sifflotait avec insouciance. Fine admirait les vignes,
qui se dépouillaient de leurs brouillards ; à mesure, elle les
trouvait plus belles.

Maurice, posté au seuil de l'aire, attendait Fine.

Il la vit s'approcher lentement, pousser devant elle son
faraud. Il remarqua sa toilette plus hardie et coquette : un corsage jaune, une jupe de laine verdâtre, des bas blancs, des san-
dales.

Il sourit ; le cœur lui sauta dans la poitrine.

Il courut s'enfermer chez lui, dans le salon à porte vitrée. Il se cacha derrière les rideaux transparents, et lorsque
Fine arriva au milieu de la cour, il l'observa bien à l'aise,
dans le troupeau des vendangeurs qui se soumettaient, aussi
patients que des bœufs sur le champ de foire, à leur classe-
ment par groupes.

Dolphe, le fermier, n'en finissait plus de répartir l'ouvrage.

Fine et son camarade furent classés dans la même bande.
Adrien remercia le fermier par un gros rire, et, pour exprimer son contentement à Fine, il frotta, câlin, contre ses
épaules.

Maurice, mal caché derrière les rideaux, observait toujours
Fine, dont l'émotion mêlée d'inquiétude et de gaieté le diver-
tissait.

Sa mère descendit au salon.

Il s'empressa pour l'embrasser.

Ensuite, fier, tout vêtu de toile blanche, il sortit. Les vendangeurs, à sa vue, s'écartèrent, firent cercle autour de lui, en
un murmure d'admiration et de respect.

— Bonjour, mes amis ! salua-t-il. Tâchons de bien travailler, n'est-ce pas ?... Souhaitons que le travail dure longtemps !...

Ils approuvaient du front.

Adrien, pour mieux admirer le maître, s'appuya, badaud,
à Fine, qui, pour avoir une manière, dénouait son chapeau,
l'installait sur la tête.

Durant trois semaines, Maurice jouit de la fête des vendanges. A cause de Fine, il endurait les ardeurs du soleil, aidait parfois à l'ouvrage.

Fine ne comprenait pas la bienveillance de M. Maurice à
son égard.

Habituée aux rudesses de ses camarades, elle ne pouvait
imaginer qu'un riche, s'il la convoitait, fît des manières.

Dans la familiarité du château, elle avait perdu ses senti-
ments d'humilité et presque de terreur devant M. Maurice.
Aux heures des repas, qu'on prenait sur le talus des vignes,
tous ensemble, elle plaisantait son Adrien, lui sautait dessus,
pour le dégourdir, et il la mordait aux joues, pour rire.

Il était là pour surveiller, pousser à l'œuvre bêtes et gens.
Puisqu'il payait un prix de fête, ses paysans devaient travailler sans distraction.

Bientôt, l'indifférence de Fine irrita l'humeur du maître.

Un soir qu'elle sortait du hangar, où l'on remisait les ou-
tils, il l'appela dans un coin de la cour et lui parla :

— Hé bien, Finette, ce métier te va ?

— Oui, Monsieur... C'est qu'il ne dure pas toujours.

— On pourrait lui donner suite, si tes bras aiment la terre,
Dis-le à tes parents.

— Je ne saurais pas...

— Tiens ! c'est difficile à dire ?..

— Qui garderait les oies ?

— Tu ne les garderas pas toute la vie !

— Non, Monsieur... D'ailleurs, c'est loin de Montpezat, le château.

— Tu me contes des histoires, des moqueries, sais-tu !... Avoue que quelque chose te retient à l'Espigne.

Adrien et Fine allèrent en promenade (page 18).

— Pas du tout. Enfin, si vous me voulez, expliquez-vous avec mon père. On verra, surtout si Adrien...

— Adrien !... Cet imbécile, qui te suit comme une ombre, aux heures de repos !...

— Hé !... Hé !... S'il nous entendait, Monsieur !...

— Il te battrait ? Bon. N'en parlons plus... C'est un rien du tout moins que toi, malgré son moulin. Nous l'aurions vite contenté, au delà même de ses ambitions, dans ce château ou ailleurs...

— Pardi, vous l...

— Allons, ma Finette, ne dis rien à personne. Je suis ton maître, sais-tu, et je sais, moi, que ton père te battrait plus fort qu'Adrien, si tu me faisais de la peine.

Maurice s'enhardissait à mesure.

Mais les pauvres, là-bas, au seuil de la cour, s'étaient arrêtés pour attendre Fine et pour épier son entretien avec le maître.

Alors, après l'avoir tapotée sur les joues, qui étaient rouges et fermes, après avoir d'un regard rapide mesuré sa taille de jouvencelle, ses hanches encore peu saillantes, son sein bien accompli, il la congédia.

A la fin de la dernière journée, il y eut dans la cour un vrai repas de noce. On installa de longues planches sur des barriques ; on approcha des troncs d'arbre, en guise de bancs.

Suzanne servit des soupes de pommes de terre, des omelettes au rhum, une platée de morue, deux grasses poulardes rôties à la broche, et des litres de vin à discrétion.

Un seul vendangeur manquait à la noce traditionnelle, c'était Adrien. Le maître l'avait envoyé à Montpezat prévenir les parents de Fine, que la demoiselle, si jeune, ne rentrerait pas à l'Espigne au milieu de la nuit.

Selon l'habitude, Maurice alla trinquer avec ses travailleurs. Le doyen de la « colle » lui offrit d'embrasser la femme qui était le plus à son gré.

Maurice d'abord hésita, dans la crainte constante qu'un de ces pauvres ne surprît ses convoitises d'amour.

Mais, emporté par la passion, il se tourna vers Fine, et lui tendit les mains.

Fine, honteuse pour la première fois, s'avança vers le maître, et avec docilité s'arrêta contre lui. Délicatement, il enlaça la taille sensible, ensuite posa sur les joues rouges, qui avaient la saveur du fruit mûri au soleil, deux longs baisers qui résonnèrent comme des coups de faux dans la luzerne.

Et tous les vendangeurs de rire, de claquer des verres sur la table.

Ils se levèrent les tempes chaudes, les lèvres humides, pour chanter en l'honneur de la demoiselle de l'Espigne.

Elle, non sans embarras, retournait à sa place.

Les baisers du maître, qui mouillaient encore ses joues, avaient remué tout le feu de son sang.

La nuit obscure confondait les bâtisses du château et le feuillage des arbres.

Lourds, satisfaits d'avoir mangé et bu plus qu'à leur soûl, les vendangeurs montèrent au grenier se coucher dans la paille.

Fine les suivait, sans mot dire.

Suzanne et Dolphe fermèrent toutes les portes. Les chiens s'endormirent les derniers, au milieu de la cour.

Maurice, dans son lit de maître, veillait. Il avait peur des pauvres.

VII

Le travail manque aux champs.

La moisson et la vendange ont peu produit, sauf dans le domaine de Valdoize. Si le chômage continue, on ne pourra plus acheter de quoi pétrir son pain.

Jamais, quand même il faudrait vendre le potager et le carré de luzerne qui s'étend sous le Fayal, jamais les Maurac ne se résoudront à mener au marché de Caussade les taurins qui deviennent si beaux.

Voici, heureusement le temps de tuer le cochon.

Ils devisent de leurs affaires, les pauvres de l'Espigne

au bord du ruisseau, sous les ormes du chemin délaissé, où les ménagères étendent leur lessive.

Fine écoute.

Depuis son retour du château, une idée d'ambition rumine en elle.

Philomène, bien des fois, en trempant la soupe, distingue, avec son regard de fouine, une inquiétude qui ride le visage de sa fille, ou son bonheur qui l'éclaire. Philomène n'articule pas une observation, étant de ces paysannes qui couvent longuement, sournoisement leurs projets. Elles pressent du nouveau, et, loin d'ouvrir ses doutes à Caliste, elle recèle en son imagination ses idées plaisantes et s'en approvisionne avec égoïsme.

Fine revoit souvent les mains tremblantes de M. Maurice, le soir de la noce, aux vendanges. Elle sent la chaude pression qui l'entraînait, et à son oreille chuchotent toujours les mots de caresse, dont elle rit naïvement.

Ils sont si forts, si intelligents, les riches !...

Un jour de pluie, Toine partit chercher de l'ouvrage, vers Moissac.

En route, il demanderait son pain dans les granges cossues. Il boirait aux ruisseaux.

Après une saison dans les plaines de la Garonne, il reviendrait à l'Espigne, et ce pays de Montpezat, à qui honnêtement il porterait l'argent de son travail, lui pardonnerait d'avoir une fois manqué de confiance en sa terre.

Les Maurac excusaient leur fils. Car la misère s'enfonçait trop dans les rocs du Quercy.

Jamais on n'avait vu, par toute la commune, tant de vols et de péchés étalés en plein jour, comme les tripes de lapins exposées, lors des fêtes votives, au seuil des auberges.

Les enfants, dans beaucoup de maisons, ne mangeaient que le pain du péché. M. Andour, l'ancien notaire, soignant à petits frais sa chair, au fond de sa tanière tapie contre l'octroi, taillait dans la détresse des paysans comme dans une pièce de drap sans limite.

Caliste bourdonnait constamment ses bonnes histoires de bénéfices aux oreilles de sa femme, laquelle, rougissant, s'abritait sous le manteau de la cheminée.

Caliste avait, au coin des yeux, sur les plis minces de sa bouche, des idées criminelles de lucre.

Il était fatigué de mourir de faim. Il aurait vendu sa famille pour ne pas emprunter un liard sur sa chaumière et ne point céder sa paire de taurins.

Philomène, un jour, dut presser ses mains sur ses oreilles pour ne pas entendre les tentations et les menaces de son maître.

Elle n'osait le regarder. Elle demeurait impassible sur sa chaise, dans la cheminée, avec une répugnance qui surexcita davantage la colère de Caliste.

Il cria :

— Après tout, quoi !... M. Andour n'est pas si mal !... Non, il n'est pas si mal que tu crois !... Puis un monsieur de cette importance, toujours luisant comme une glace, ça ne peut pas salir !... Puisque nous vivons dans un bois, avec tant de loups et de renards, il faut que je me défende et que tu nous sauves !... D'abord, les gens ne sauront rien... La nuit...

Philomène, sous l'orage, baissait la tête.

Caliste, croyant qu'elle cédait, poursuivit avec douceur :

— Té ! veux-tu que je t'accompagne, moi ?... Les gens ne se douteraient pas... T'accompagner jusqu'à l'octroi, veux-tu ?

Philomène, suffoquée de honte, se leva brusquement. Elle courut au chevet du lit, dans l'ombre, s'agenouiller.

Et, les mains jointes, elle dit une prière.

Caliste, offensé par la vertu de son épouse, s'indigna. Marchant de long en large, il cria plus fort :

— Tu as tort, Philomène !... Tu cherches à m'humilier, à me laisser tout seul dans ma douleur. Ce n'est pas bien !... Toi

Seule peux nous sauver !... Reine, on n'en voudrait pas, elle court trop, sans presque rien nous apporter. Fine, je ne pourrais plus la marier !... Et moi je n'ai pas d'ouvrage. Tu comprends, Philomène !...

— Non, je ne veux pas comprendre ! répondit la brave paysanne, que le sentiment de sa religion soutenait au bord de l'abîme, dans les affres de la misère.

Elle se redressa, si résolue, si belle de révolte et de probité, que le maître recula, et, baissant la tête à son tour, s'éloigna vers les champs du ruisseau.

Ce ne fut qu'une crise de désespoir, chez les Maurac. Caliste s'apaisa devant le dévouement de Philomène, que ne rebutait aucune besogne.

Reine les aidait beaucoup.

Elle avait pitié pour sa mère. Elle apprenait la couture chez la faiseuse de robes de Montpezat.

Partout, même dans les maisons aisées, la misère roulait ses ondes de ténèbres, que rien ne peut chasser.

La veuve Radel aurait perdu ses airs de tranquillité, si M. Adour et Ambroise ne lui avaient fourni des sous, de la viande, des légumes.

Le forgeron Guibal bâillait tout le jour sous la treille du « Cabaret de l'Europe », devant les tables nues, sans bourrer une pipe. Il avait envoyé ses comptes à toute sa clientèle, et c'était dans la commune un hurrah d'imprécations contre ce forcené, qui avait attendu le mauvais temps pour tracasser le pauvre monde.

VIII

Un dimanche, après la messe, Adrien et Fine allèrent en promenade, au hasard de leurs pas.

C'était une matinée de novembre, mouillée d'un joli soleil. L'herbe fanée des prairies, la dépouille noirâtre des vignes, mettaient, çà et là, des lambeaux de loques, sur le maigre et osseux Quercy.

Adrien et Fine, au delà de la route de Caussade, avaient, par le chemin d'argile, dépassé la Pierrière, où s'érige une antique croix de fer branlant sur des dalles fendues. L'énorme silhouette du moulin d'Agri, là-haut, sur la bosse du mamelon, les attirait.

Ils cheminaient, la main dans la main, très émus par la chaude caresse de ce novembre si maussade. Ils cheminaient le long des haies épineuses, sans regarder autour d'eux, comme dans un rêve.

Si près l'un de l'autre, depuis une heure, dans la solitude, ils finissaient par communier par la pensée.

Tandis que Fine était surtout obsédée par le désir d'être admise chez les Radel, à l'abri de toute souffrance, Adrien, âgé de dix-neuf ans bientôt, se racontait que les camarades de Montpezat, et de moins fortunés que lui, certes, courtisaient chacun sa chacune, et que pour lui le temps était venu de choisir la sienne. Il ne connaissait guère les filles du village.

Fine était là toute trouvée, éclose sous ses yeux, à portée de sa main. A l'Espigne, il n'aurait qu'à sauter le ruisseau, pour fréquenter sa « prétendue ».

Puis Toine était son ami, son protecteur presque. Le faraud, aussi craintif au milieu des garçons qu'un bâtard, tremblait de ne pas être agréé de Fine.

Il tremblait, sans trop savoir pourquoi, sans se soucier des galanteries de M. Maurice, dont le souvenir pourtant lui traversait l'esprit quelquefois.

En marchant, il secouait les doigts de Fine, les remuait entre les siens avec une sorte de volupté. Il s'imaginait s'éviter ainsi la peine d'expliquer avec des mots la sensation d'amour qui s'agitait en lui si confuse, et qu'il s'effrayait de comprendre lui-même.

Ils s'allongèrent sur des touffes de luzerne.

Le silence régna, le silence infini des dimanches sur les campagnes au repos.

Adrien se tourna vers Fine.

Avec une tendresse soutenue, il lui déroba de nouveau la main qu'elle avait sagement posée sur sa jupe, pour réfléchir. Il glissa un regard langoureux sous les paupières de la faraude, qui jouissait d'être admirée, de s'abandonner ainsi qu'une pierre, et il insinua :

— Une chose qui va t'étonner : la misère nous gêne un peu, à la maison. Je m'en vais du pays, comme Toine.

— Où iras-tu ?

— A Castelnau-de-Monratier.

— Castelnau-de-Monratier ?... C'est un peu loin.

— Bah !... Tu te consoleras bien vite de mon départ, Finette ?...

— Et alors, peut-être, tu vas à Monratier chercher des gens cossus qui auront de l'expérience pour remonter un moulin et qui te fianceront leur fille ?

— Non, pas ça... Je vais apprendre à me suffire seul de mon travail.

— Et tu m'oublieras.

— Au contraire... Si tu voulais, c'est avec toi que nous pourrions penser aux fiançailles. Ma mère ne refuserait pas, ni tes parents... Dis ?...

Fine se mit à pleurer. Des sanglots secouèrent son corps souple, qui sentait bon la terre et les plantes.

IX

M. le maire de Montpezat avait trouvé, pour Adrien, une place de travailleur, dans une ferme, au village que celui-ci ambitionnait, à Castelnau-de-Monratier.

Adrien devait partir le 1er décembre, dans dix jours.

Une semaine s'était écoulée, depuis le dimanche où, là-haut, au moulin d'Agri, Fine et lui avaient, en manière de serments, échangé des caresses et des baisers.

A présent, ils se rencontraient le soir, en cachette, un peu loin de leurs familles. C'était de l'autre côté du ruisseau, pour Fine, au fond d'un creux bordé de buissons.

De l'herbe en tas, flétrie, s'allongeait dans ce nid.

Les amoureux, blottis l'un contre l'autre, s'y réchauffaient voluptueusement, dans les ténèbres froides.

D'une semaine, on n'avait pas revu la pluie. Un vent de bourrasques, qui cassait les branches mortes et roulait dans les fossés les dernières feuilles, avait tassé le sol comme un lit de planches.

Adrien et Fine se félicitaient chaque soir d'avoir su choisir leur nid de broussailles. Ils pouvaient, aisément étendus, vivre ensemble de leurs rêves.

Hors de ce trou, rien n'existait plus pour eux, dans le silence où murmurait, si petit, le ruisseau.

Ils pouvaient se croire riches. Leurs cœurs se sentant si proches, ils répétaient sans cesse les mêmes mots d'espérance et de promesses.

— Tu seras sage, Adrien, à Monratier ?

— Puisque tu n'y seras, je travaillerai, pardi.

— Autrement, si une héritière de par là-bas t'en veut, à cause de ton argent, je viendrai te prendre.

— Ah ! si ton père acceptait !...

— Mon père acceptera tout.

— Non. Car je veux dire que tu viendrais avec moi, à Monratier, et comme ça, je ne risquerais guère, auprès de toi, d'apprendre le langage d'une autre faraude et de me parfumer d'un autre corps que le tien.

— Va, tu emporteras assez de mon odeur. Tu ne m'oublieras pas... Seulement, tu devrais, avant de partir, engager nos fiançailles avec ta mère. Promets-lui que je l'assisterai dans son ménage, et qu'elle n'aura qu'à dormir tout le jour, afin de mieux écouter, pendant la nuit, les fadaises de M. Ambroise.

Fine parlait avec tant de souci, en caressant son faraud sur les joues, qu'elle ne sentit point des mains rapaces s'insinuer sous son corsage.

Tout à coup, elle crut qu'une bête lui mordait le sein.

Elle se redressa, d'une épouvante.

— Mais c'est toi qui me tracasse, brigand !... Tu fais le loup, je crois !...

— Je veux le faire.

— Non, non !... Restons nigauds longtemps, afin de nous aimer davantage, par la privation de nos fantaisies. Allons, rentre !...

— C'est bête.

— Qui ?... moi ?...

— Notre jeunesse...

— Tant que ta mère n'aura pas proclamé nos fiançailles, tu n'obtiendras rien de Fine !...

Ils rentrèrent, un peu chauds et las d'avoir tant joué.

Adrien jura qu'au printemps, tout Montpezat saurait que la veuve Radel les accordait ensemble.

Fine, pour ne point l'effaroucher, se garda d'exiger une date plus prochaine. Ne possédant rien au monde que sa vie, elle devait se soumettre aux volontés d'un héritier cossu.

Chez les Maurac, la misère noire croissait.

Caliste avait emprunté sur les jeunes bœufs, vendu les oies.

Les maraudes de Reine, que la couturière de Montpezat avait chassée à cause des racontars d'une galanterie, d'ailleurs mensongers, ne suffisaient pas à nourrir la maison, du lundi au dimanche. Les malheureux, grelottants de froid, vivaient de longues journées de tortures, à ne rien faire.

Ils se disputaient à la moindre parole, se reprochaient leur pitance.

Fine, dans une telle détresse, songeait passionnément au moulin douillet de la veuve Radel.

Enfin, la veille du départ d'Adrien, Marthe, conformément aux usages du Quercy, voulut offrir un cierge à la chapelle de Dorgue.

Finette tint à l'accompagner.

Adrien dut, au contraire, rester à l'Espigne. Car le voyageur, pour lequel étaient prononcés les vœux de réussite, ne devait aucunement regarder l'autel, contrarier par sa présence jalouse le saint de Montpezat.

Donc, ce dimanche, les deux femmes partirent de très bonne heure, afin d'assister à la messe.

La chapelle de Dorgue, bâtie sur les propriétés de M. le comte Maurice, lui appartient. Adossée à son flanc, une grange, ancienne bergerie, pourrit presque d'abandon.

Un cimetière, sur le reste de l'enclos, se développe : ceux de la famille noble y dorment, ainsi que leurs serviteurs fidèles. Lse pierres tombales blémissaient parmi les cailloux, des cyprès lugubres et des haies d'aubépines gémissaient au vent du matin.

Fine et Marthe s'engagèrent dans la chapelle, sur les dalles disjointes.

Personne n'était encore rendu.

Francès, coiffé jusqu'au cou d'un bonnet de laine blanc, arrivait par la sacristie. Il fit un signe de croix, épousseta délicatement de ses mains balourdes les tapisseries de l'autel.

La chapelle s'offre assez vaste, entre des murs crevassés, datant de plusieurs siècles, dont chacun a fourni, avec le bénitier, des tableaux, des ex-voto, des croix de bois naï-

vement sculptés, son art, sa douleur et son culte. L'exhausse-
ment de la toiture, l'addition d'un mur destiné, à droite de la
porte, à séparer des gens du Quercy les chemineaux de
bonne volonté, ont détruit la noble simplicité de la chapelle.

Autrefois, les poules de la grangette y venaient, pendant
la semaine, prendre le frais.

Des chaises au hasard sont dispersées, et des bancs pois-
seux. Une barrière, dont la vétusté embellit les enluminures
de cuivre, circule le long du chœur, entre deux piliers, sous
chacun desquels deux tombeaux de marbre éraillé s'étalent.

Deux fenêtres hautes projettent la clarté de leurs carreaux
verts et rouges sur l'autel.

C'est à saint Maurice, le patron des Valdeize, que Marthe et
Fine vont offrir leurs cierges.

Au fond de la chapelle, Francès, avec de grands coups de tête à droite et à gauche, tire la corde à nœuds.

Et tout là-haut, la cloche sonne et cabriole, dans l'air, dans
la lumière, par les campagnes ranimées.

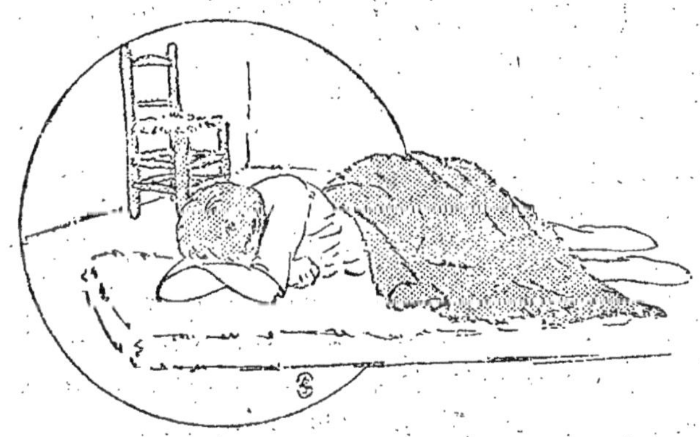

Fine ne pouvait tenir sur une chaise, elle rêvait !...
(page 27).

— Viens, Fine, ordonna Marthe. Tu n'as rien à demander,
toi, à saint Maurice ?

Fine, avec des yeux éperdus, regarde la veuve Radel. Sa
pensée, comme la cloche là-haut, lui sonne par tout le corps
son désir des fiançailles.

Mais sa poitrine se contracte de frayeur, sa bouche reste
close, parce que Marthe, qui semble saisir l'arrière-pensée de
la faraude, l'observe avec un visage froid.

— Non, répond Fine, je n'ai rien à réclamer.

— Pardi ! tu es trop jeune.

— Je suis venue pour Adrien, voilà tout. Que saint Maurice
lui donne tout le bonheur dont il dispose.

— Tu as raison. À Monratier, il en trouvera plus qu'à l'Espigne.

Fine, à ces mots, tremble, pâlit de désolation, de colère.

Mais elle est pauvre. Elle n'a, pour sa défense, que les res-
sources du mensonge, de la ruse.

Elle obéit.

Les deux femmes, leur cierge entre les doigts, s'avancent
vers la statue, qui est peinte de bleu et de rose. Fine, en ar-
rière, laisse toute la dignité de l'offrande à la mère d'Adrien.

Elles s'agenouillent, en prière, et leurs lèvres, précipitamment remuées, soulèvent un bruit pareil à celui de la pluie
dans les landes.

Marthe retrousse sa robe de futaine, et, gravissant les marches de l'autel, pose le cierge debout, l'appuie entre deux branches d'un candélabre, comme une gaule entre les dents d'une fourche, au coin de la cheminée.

Fine imite lentement ce geste d'offrande, se prête à toutes les prévenances, afin que Marthe, bientôt, ne soit pas étonnée de ses aveux.

Une dernière fois, elles se mettent à genoux, puis s'en retournent.

Là-haut, dans sa ceinture de jardins, de bosquets, le château de Valdeize, sous un manteau d'azur, apparaît tout blanc, égayé de soleil, tandis que de toutes parts les ombres noires accourent.

La pluie va recommencer.

La pluie, un dimanche, c'est mauvais signe.

Des femmes bavardent avec la femme Radel. Finette, sans les comprendre, écoute, se tait obstinément. C'est qu'elle lutte, dans elle-même, contre un désir de songer aux vendanges dernières, et de se remémorer les illusions de richesse qui, un moment, à son âge de femme si nouvelle, l'avaient grisée.

Oui, le château, de là-bas, semble l'appeler, jeter sur elle un reflet de sa joie et de son bien-être. Les mots caressants, la pression de main de M. Maurice, lui reviennent, un froid lui aiguillonne le cœur.

Elle contemple béatement la solitude de ce divin patrimoine, auquel une pauvresse ne peut penser, sans la permission de son maître. Et, de dépit, dans le sentiment de son impuissance et de sa trop profonde humilité, elle détourne la tête.

Et, s'écartant dans le fossé de la route, elle ramasse des feuilles, des brindilles sèches, qu'elle brise fébrilement sur son genou. Tout son être est remué d'angoisse, comme un buisson par un âpre vent d'automne.

Triste, elle réfléchit. Une force incessante voulait lui faire regarder le château.

— Fine, tu rêves trop, lui dit Marthe. Ça te fera mal. Viens, rentrons.

Fine docilement suivit la mère d'Adrien, qui, sur la route, lui disait encore :

— Tu n'aurais pas pleuré, par hasard ?

— Non.

— Pourquoi, d'ailleurs ?... A cause du départ d'Adrien ?

— Oh !... Je pense qu'il ne nous oubliera pas à Monratier.

— Que t'importe, à toi, qu'il oublie ?

— Moi !... C'est vrai, mon Dieu !... Je ne suis qu'une pastoure.

Marthe cheminait d'un pas raide, en retroussant sa robe, à cause de la poussière.

Fine, qui sentait son orgueil, se tut, craintive, plus brune dans la mélancolie qui lui échauffait le sang.

A mesure qu'on approchait du village, Marthe hâtait le pas. Elle parlait beaucoup, toute seule, faisant avec contentement les demandes et les réponses.

Fine s'étonnait de la voir si peu émue du départ de son fils.

Plus les deux femmes approchaient de l'Espigne, plus Fine tremblait d'appréhension. Maintenant, elle ne souhaitait pas que la veuve Radel devinât son désir de proclamer les fiançailles.

Car la veuve s'y opposait, Fine le sentait trop bien. Et, à cause du père Maurac qui ne supportait pas trop d'orgueil chez l'amie d'Ambroise, on aurait eu tout de suite des querelles et des batailles, qui eussent à jamais compromis les espérances des farauds.

Caliste, justement, était, avec Adrien, assis sur le banc de pierre de sa maison.

Adrien aperçut le premier les deux femmes, au bas du chemin, près de la porte à claire-voie. Il comprit, aux yeux sournois, méchants, de Fine, qu'elle n'avait rien avoué de leurs projets à sa mère.

Pâle, il baissa la tête.

Oserait-il lui-même, avant son départ, ne fût-ce que pour tranquilliser la pastoure si douce à son esprit et à ses lèvres, exprimer dans sa maison les vœux auxquels, après tout, il avait droit, de par sa condition d'héritier légitime et de par son âge ?

Marthe ne s'arrêta point chez les Maurac. L'odeur de leur misère lui répugnait.

Adrien, qui l'aimait et qui, à son insu, la craignait davantage, courut à son aide.

Ils sortirent les vaches et la volaille.

Fine bientôt s'insinua vers le moulin, pour guetter son faraud entre les arbres.

L'ayant aperçu, elle mit sa bouche entre ses mains, comme dans un cornet, et d'une voix contenue, souffla :

— Digô ! Digô !... Adrien !...

Celui-ci, que la pensée de Fine accompagnait sans cesse, la rejoignit d'un élan.

Seuls enfin, ils s'assirent au grand jour, sur le bord d'un pâturage.

Comme Adrien déjà la taquinait, elle éclata brusquement en sanglots, et prévoyant qu'il la gronderait de sa faiblesse auprès de Marthe, elle le gronda lui-même :

— Tu n'es pas un homme ! Tu ne me fais pas valoir !... Ta mère ne peut pas te refuser nos fiançailles !...

— Ah !... Je croyais, moi, que tu te confesserais la première. Une fille a plus de courage.

— C'est que tu me trompes, Adrien !... Tu abuses de moi, parce que tu ne connais pas d'autre faraude !... A Montatier, quand une famille connaîtra ton moulin, tes terres, et tes bêtes, elle s'emparera de toi.

— Tu m'offenses, Fine... C'est moi qui me suis emparé de ta personne si légère, puisque tu n'as pas un bien au soleil, et c'est moi qui t'emporterai !...

— Où ?

— Dans mon cœur.

— Ah ! Dieu veuille que tu dises là des paroles honnêtes !...

— Oui, Fine, je te jure que je ne t'oublierai jamais, et que, dès mon retour, quand je serai plus hardi de mes bras et de ma volonté, nous nous fiancerons, avec ou sans le consentement de ma mère, au printemps prochain !...

— En es-tu sûr, bien sûr ?..,

— Oui !...

Adrien pressa Fine contre lui avec effusion, et, souriant de tendresse, murmura :

— Dis-moi, si je te fais entendre le loup dans un bois, est-ce qu'on pourra nous séparer, ensuite ?

— Non, brigand !... Tu ne t'en irais plus de moi !...

Fine riait, espiègle, un peu troublée.

Puis, ainsi que toute enfant, elle frémit de peur, à la vision du loup, et se laissa caresser par son faraud, qui la protégeait.

Mais Adrien était saisi d'une sorte de vertige. Une fièvre le brûlait, et elle aussi, qui se croyait plus sage.

Fine, dans la chaleur de l'étreinte, oubliait la misère de sa maison, les terres et le moulins de la veuve Radel. Il ne restait plus qu'Adrien, dans sa pensée, de même que contre son corps.

Elle n'eût pas été fâchée, peut-être, qu'un passant, ou la veuve Radel, la surprît entre les bras heureux de son faraud. Les accordailles eussent sonné toutes seules, comme les heures au clocher.

Tout à coup, un pas s'éveilla, dans le chemin délaissé.

Fine, furtivement, leva la tête, sans qu'Adrien eût la moindre émotion que leur solitude était violée.

C'était la veuve, cueillant des salades, non loin du ruisseau.

Elle aperçut les farauds embrassés.

Elle se dressa, d'un mouvement instinctif de colère.

Le silence frissonnait du murmure des branches, de l'écho

Elle ?... Après réflexion d'une seconde, s'était apaisée. Haussant les épaules avec dédain, elle se pencha de nouveau, pour cueillir les salades, en cheminant vers sa maison.

Fine murmura :

— Ta mère ?...

— Oh !... Elle nous a vus ?...

— Parbleu !...

— Qu'est-ce qu'elle a dit ?...

— Rien. Laisse-moi. Puisqu'elle n'a rien dit, puisqu'elle ne s'est pas fâchée, c'est qu'elle me méprise.

— Mais moi, je ne te méprise pas, bigre !...

— Toi, tu n'es pas le maître. Il faut que je me garde. Laisse-moi.

— Voilà !... fit Adrien en dénouant ses bras. Je n'obéis plus qu'à ma mère.

Ils se séparèrent, non sans peine, en échangeant des baisers qu'ils s'envoyaient du bout des lèvres.

Fine demeura seule sur le gazon, vaguement inquiète.

Le lendemain, à l'heure du départ, elle craignit de monter au moulin. Elle attendit son faraud au seuil de sa terre, contre la porte à claire-voie.

Il ne tarda guère : elle vit paraître, sous les arbres du ruisseau, un paquet de hardes pendu à l'épaule, un bâton en main.

— Bonjour, Fine ! salua-t-il. Alors, tu te porteras bien !

— Qui ?... À toi surtout, bonne santé et bon courage !... Travaille, mange à l'occasion, amuse-toi beaucoup. Rien ne vaut, pour se faire du cœur, que de fortifier solidement ses muscles.

— Et toi, tu sais, ne t'éloigne guère de l'Espérou. Quand faraud, soit des pauvres, soit des riches, me te racontera pour mieux te coucher comme une pierre, que je t'oublie à Monratier !...

Ils s'embrassèrent longuement, tendrement, avec une telle douleur qu'ils se mirent pleurer, à gémir.

Puis il monta vite à Montpezat, pour y prendre la grand-route.

Les journées, pour Fine, passèrent lentement, dans la peine du souvenir et de l'espérance.

X.

Bientôt, en Quercy, on pâtit moins de la misère. Décembre s'écoula favorable, avec des après-midi de printemps.

On labourait.

Philomène reprit ses étoupes.

Caliste trouva du travail sur les terres de M. Andour.

L'usurier, qui souvent chatouillait les joues de Fine, lui confia ses buailles.

Les économies de Toine, embauché maintenant près de Molières, servaient à rembourser les emprunts contractés sur la tête des bœufs ; et les maraudes de Reine rapportaient autant que le salaire de Fine.

Tout le long du jour, et le soir, sur le banc de pierre qui regarde le jardin, Fine se fouettait le courage pour aller, de l'autre côté du ruisseau, entretenir la veuve Radel des promesses de son fils. Son courage se soudait peu.

L'orgueil de Marthe, dans sa fortune, l'effrayait. Quand elle revenait de conduire chez M. Andour les [illegible], elle se voyait [illegible]. Épiant à travers l'ombre, sous les [illegible], lui semblable à une colossale vache inclinée sur le ruisseau, elle soupirait de dépit et de honte.

Des idées bizarres, de vol, de péché, lui rôdaient par la cervelle. Elle avait décidé son mariage avec Adrien : il fallait qu'à tous prix elle le réalisât.

Sinon, elle se vengerait, en souillant toute l'Espigne d'une faute, que l'eau bavarde n'emporterait jamais.

Une fois, elle chercha le moyen de s'évader, de courir à Castelnau surprendre son galant. S'il bredouillait encore des excuses, elle lui cracherait à la figure sa lâcheté, et s'en irait avec d'autres farauds, dans un pays où nul ne la connaissait, entendre hurler le loup.

Une autre fois, elle voulut se placer à une métairie voisine de Moratier, afin d'empêcher Adrien, par sa seule présence, de se laisser mettre le pied dessus par une villageoise savante.

Un soir, après avoir longtemps attendu père Caliste, qui était allé à Caussade acheter un vérat, Fine se troubla d'apprendre qu'il avait rencontré, au foiral de la petite ville, le patron d'Adrien.

— Hé bé, qu'est-ce qu'il fait ? demanda-t-elle.

— Il gagne de l'argent, et vous autres, vous perdez votre jeunesse !...

— Quoi ! cet emplâtre gagne de l'argent !

— Dabord, de qui parles-tu ?

— D'Adrien, tèga !...

— Ah !... Ton Adrien !... Il ne se porte pas mal.

— Rien que ça ?...

— Tu n'aurais pas voulu, par hasard, que je te l'amène avec mon vérat, la corde au cou ?

— Oh ! mon père !... Tu ne sais pas comprendre !...

— Je sais qu'avec cet innocent, tu m'agaces !... Et quand il reviendra, sa mère lui aura tout mangé.

Reine, s'esclaffant de rire, tapa du poing sur la table, où fumait la soupe de choux.

La mère regardait Fine fixement, avec un peu de pitié. Celle-ci, pâle, se mordait les lèvres.

Ce coup d'injure à ses tentations d'amour lui blessa le cœur, comme s'il fût venu d'Adrien, lequel pourtant ne l'avait jamais effleurée d'une ironie.

Elle s'était trouvée sotte, à cause de lui, devant ses parents. Elle entendait encore le rire laid de sa sœur, ce rire de démon qui la raillait en ses idées de fortune trop hautes.

Elle appréhenda davantage de rencontrer la veuve Radel, dans le val, par les champs.

Un après-midi de ce décembre, le ciel se chargea de nuées, projeta son ombre dans l'entonnoir du val. Les branches se tordirent, en pleurant sous les coups de l'orage.

La pluie crépita, drue, grosse. Les fossés charrièrent bientôt de la boue et des ronces. Les oiseaux s'évadèrent à l'aventure, cherchant des abris, s'appelant au creux des pierres ; ils venaient, par bandes, en sautillant, jusque dans l'allée du milieu, jusque sous la treille, chez les Maurac.

Le ruisseau de l'Espigne avait débordé ; le courant claquait contre les arbres, avec des bruits de grosses cordes qui tantôt frappent, tantôt tirent.

Le moulin semblait mort. La veuve Radel, derrière sa porte, disait des prières.

Seule, là-haut, sur la passerelle du pigeonnier, une pigeonne grise regardait l'orage, en balançant sa tête au collier grenat ; les autres pigeons, pelotonnés dans les corbeilles d'osier, roucoulaient d'amour, pour ne pas entendre la pluie et la bourrasque. Le tonnerre grondait.

Les Maurac, dans leur masure, demeuraient immobiles et muets. Ils savaient qu'au lendemain d'un tel orage, la gêne, la misère, allaient revenir au Quercy, avec leur cortège de souffrances et d'humiliations.

Caliste, épaulé au mur de la porte, regardait stupidement, dans son jardin, dans le val brouillé, la chute des eaux du ciel, monotone, furieuse, sans fin

Philomène, qui filait son étoupe en un coin mal éclairé, poussait des soupirs de désolation.

On finit, cependant, par s'accoutumer à la musique de la pluie.

Reine se mit à ronfler, la tête entre les bras, sur la table.

Fine, pour se distraire, frotta longuement à son tablier sa gaule, qu'elle voulait polir, et, dans son attitude d'enfant amusée, il y avait le contentement de jouir un jour de l'ombre et de l'odeur de sa maison, d'être enfermée par la pluie avec ses parents, qui craignaient pour eux et pour elle une saison nouvelle de privations.

Caliste, ouvrant la porte vitrée, hasarda au dehors la tête. Le vent, aussi brutal qu'une mule en folie, entra, le frappa au visage.

Caliste s'obstina, pour juger de la durée de la tempête. La ténèbre s'étendait partout. A peine une lueur à l'horizon, très loin, trouait les nues, aussi faible que le jour d'une lucarne.

Caliste, étonné, grelotta de désespérance. Il leva les yeux, pour implorer le bon Dieu, là-haut, plus haut que le pays où roulait le tonnerre.

Mais, devant lui, au delà de son jardin, il aperçut M. Andour, qui patageait, le dos chargé d'un sac et d'un fusil.

Le chien de chasse tirait la langue, trottinait avec précaution, du bout des pattes.

— Hé, par ici, M. Andour !...

— Ah ! Ah !... Voilà, mon brave.

— Que rôdez-vous donc, par ce temps du diable ?

— Oh ! mon ami, ce n'est pas pour la fredaine, non !... Je chassais. Je n'aurais pas cru la pluie si longue.

— Venez vous chauffer !...

M. Andour accourut, suivi de son chien.

Sur le seuil de la masure, il tapa des pieds, secoua ses beaux habits de chasse, puis, à son aise, familier en tous lieux par la grâce de sa richesse, il s'installa devant la cheminée.

Reine, avec beaucoup de politesse, posa son fusil dans un coin, son sac sur la table.

Caliste, qui s'était esquivé, revint avec un tas de bûches, qu'on alluma tout de suite.

M. Andour, la trogne cramoisie, les paupières jaunes, se régalait des caresses du feu. Il se léchait les lèvres, passait ses mains dodues sur ses joues rasées.

Auprès de lui, Reine fouillait effrontément le sac de chasse. Il l'observait des pieds à la tête, avec malice, en clignant des yeux.

Caliste observait patiemment le riche, qui avait des fantaisies si brusques, pour le bien de son corps.

Philomène, complaisante, prenait souci du chien.

— Té, Caliste !... s'écria l'usurier. Telle que tu la vois, ta Reine me plaît.

Il désignait Reine, qui, sans émotion, se mit à rire.

Caliste et Philomène, anxieux, se regardèrent furtivement.

Un espoir leur jaillit au cœur. Est-ce que M. Andour tournerait aujourd'hui sa fantaisie de bourgeois généreux du côté de la maraudeuse ?

Un silence tomba.

XII

La pluie monotone continua des jours, des semaines.

Chez les Maurac, on subsistait du travail de Philomène, des bas et des bonnettes que Caliste allait vendre au marché de Caussade.

Ils empruntèrent de nouveau sur les bœufs.

Reine se rongeait les ongles d'ennui, dans sa réclusion forcée : elle aida sa mère au travail.

Fine, au contraire, ne pouvait tenir sur une chaise, elle rêvait. Son esprit vagabondait au loin.

L'autre jour, l'après-midi de ce gros orage, M. Andour n'allait-il pas voir Marthe Radel ?

La comtesse de Valdeize.

Eh, si, pardi !...

Seulement, le ruisseau avait mis une barrière infranchissable, sur le chemin avec ses eaux mêlées de fange. Fine se complaisait ainsi à charger de fautes cette femme égoïste, qui était son ennemie et que flétrirait, pour rendre à Adrien la liberté, la justice du monde.

Oui, mais ne pouvait-elle pas, à force de gourmandises, man-

ger tout son bien ? Adrien, alors, serait ruiné, plus pauvre
que les Maurac.

Fine, dans l'ombre de ses pensées, douta d'elle-même, de
son amour.

Pourquoi désirerait-elle Adrien avec acharnement, s'il devait
plus tard s'écrouler dans la misère ?

Pourquoi s'importunerait-elle déjà d'un faraud, qui ne savait
pas défendre les droits de son âge et ses intérêts ?

Peu à peu, elle dédaigna l'héritier du moulin : elle le re-
vit niais, timide, surtout quand ils se donnaient le bras, au
village, les matins de dimanche.

Au château, pendant les vendanges, il était demeuré coi, de
même qu'un domestique, chaque fois que M. Maurice avait
esquissé, vers sa camarade de l'Espigne, un mouvement de
grâce.

M. Maurice, lui, causait aisément avec tout le monde, plaisantait, riait, n'avait pas peur des filles, ni de leurs galants.
Quel joli garçon, quel paysan souple et bien musclé, M. Maurice !...

En voilà un qui, depuis sa naissance, nageait dans l'or.

Oh ! ces riches !... Ce sont des saints sur la terre !

Tout leur est permis ; chacun les adore. Comment s'approcher d'eux, de leur intimité, tant qu'ils ne vous appellent pas
dans leur paradis ? Que doivent-ils faire toute la journée, au
milieu de leurs richesses ?

M. Maurice, en compagnie de sa mère, ne s'ennuyait-il
pas ?... On disait, sur son compte, des récits merveilleux de
lointains voyages, jusqu'au-delà des mers.

Las de courir, épris de son Quercy plus qu'en son âge d'innocence et de présomption, il ne sortait plus de l'antique château, de la terre bourgeoise des Valdeize.

Alors, dans la beauté des rêves où elle mettait M. Maurice,
Fine se rappelait ce soir de noce, où il lui avait chuchoté des
paroles plus douces que le miel, où il l'avait embrassée tel-
lement qu'elle, si jeune, ignorant la honte des femmes, avait
rougi.

XIII

Fine, quand une velléité la poussait encore au moulin, se
défendait de révéler devant Marthe ses désirs d'amoureuse.
Bientôt elle s'accoutuma à ne plus franchir le ruisseau où elle
se couchait, pour rêver, auprès de son faraud.

Celui-ci n'avait pas encore une fois envoyé de ses nouvelles.

Fine, comme pour le punir de son dédain, se jura de ne plus
penser à lui. Reine, sans prétentions d'amour, n'était-elle pas
heureuse ?

Ce midi, Fine et son père mangeaient la soupe.

Une odeur de bois, de linge humide, se confondait, dans
la salle commune, à la tiède odeur de purin qu'exhalait l'étable où l'on entendait par la porte ouverte, mugir les bœufs
de temps à autre.

Fine servait son père, qui avait seul le droit de se satis-
faire l'appétit. Elle portait la soupière dans l'armoire, tirait du
sel, arrachait une gousse d'ail au cordon pendu derrière le lit,
remettait en place le pain, le plat de fèves sèches.

Caliste, une main sur la cruche, mangeait. Après chaque bou-
chée, il découpait régulièrement avec son couteau le fromage
et son morceau de pain.

Fine s'assit.

Elle examina au dehors, par les vitres poussiéreuses de la
porte, dans la longue allée de pruniers. Elle épia le jardin, et,
au-delà de la porte à claire-voie, le chemin désert, comme si
vraiment une âme du ciel devait lui apporter son secours, ou
comme si M. Maurice avait enfin annoncé son passage.

Tout à coup, M. Maurice apparut.

Fine tressaillit d'étonnement, d'un effroi étrange.

Elle poussa un cri, vibra de tout son corps, dans une émotion de douleur qui, peu à peu, en s'apaisant, ne laissait que la joie de vivre plus vite.

M. Maurice, non sans hésitation, avait poussé la porte à claire-voie, marché lentement par l'allée.

Fine s'empressait de lui ouvrir la porte de sa maison.

Sur l'ordre de son père, elle lui offrit l'unique chaise, au siège de bois.

— Bonjour les amis !... salua M. Maurice, qui s'épongeait le front. Vous permettez que je me repose ?

— Comment donc, monsieur !... répondit Caliste. Tout le temps qu'il vous plaira ! C'est trop d'honneur pour nous.

Maurice souriait.

Tandis que Fine s'asseyait à l'écart, sur la dalle de l'âtre, Caliste se mit à tournoyer devant le seigneur avec une allégresse d'enfant. Des idées de délivrance, de fortune, d'orgueil, agitaient le paysan que, depuis tant d'années, emprisonnait la misère.

Maurice était venu demander Fine à son service, présenter à ses parents des conditions exceptionnelles d'argent, remplir de joie cette maison si pauvre.

Mais il était venu sans informer de ses desseins sa mère, dont il prévoyait peut-être la résistance. Oubliant, dans sa naïveté de campagnard, que Fine habiterait le château de Valdeize au vu de tout le monde, il avait revêtu son habit de chasse, pris son Lefaucheux, pour dissimuler le but véritable de sa promenade.

Comprenait-il donc que son désir de la pastoure ne le tenait que par la chair, et qu'il était défendu à son cœur de s'abaisser jusqu'à cette convoitise ? Éprouvait-il déjà, si, après avoir contenté son caprice, il rejetait sa proie, la crainte de quelque remords en sa conscience, ou la terreur d'une vengeance des Maurac ?...

Maintenant son courage l'abandonnait dans ce logis sombre dont la tristesse provoquait trop de répugnance et de compassion. L'amour dans sa pensée se voila, comme l'étoile au ciel, sous un nuage.

— J'étais descendu, dit-il, au ruisseau de l'Espigne tuer une brochette de petits oiseaux. Je crois que ce ne sera pas possible. L'hiver a tout détruit...

— Oh ! oui, Monsieur !... soupira Caliste. Même, nous n'avons pas tous les jours du pain à notre suffisance. Est-ce que, si ça dépendait de votre bonne volonté, vous ne nous aideriez pas un peu ?

— Certes oui !... avec enchantement !... Mais tout le monde a souffert. Nos troupeaux ont péri de maladie, vous le savez, presqu'entièrement.

— Bah !... vous me prendriez, moi, ou une de mes petites, pour bêcher, garder des bêtes, un mois, huit jours... Quel bonheur pour notre brave famille !...

— Je ne dis pas... Il me faudra voir... Vous comprenez, mes serviteurs, jusqu'au plus humble, habitent le château depuis si longtemps. Puis, ils l'aiment. C'est leur patrie.

— Oh !... Nous aussi, nous l'aimerons de toutes nos forces !... C'est que nous changerions de peau et d'esprit, sous votre toit, dans vos larges cuisines !... Nous ne serions plus des bêtes. Vos bêtes connaissent mieux la vie que nous.

— Allons donc, Caliste !... Vous prêchez trop votre misère !... Quand on a des enfants si reluisantes de santé, si parfumées de jeunesse !...

— C'est que l'air les nourrit, le grand air de nos plateaux, où je les surveille, allez !... Ah ! oui, ce sont des trésors pour la vaillance, la docilité; et aussi, je peux bien le dire, pour la fourniture agréable de leur corps !...

Caliste riait, les bras ballants.

Maurice, souriant à peine, ne détachait point ses yeux de

la pastoure qui, toujours assise sur la dalle de l'âtre, cachait son front entre les mains.

Caliste subitement s'enhardit.

Portant la main à son chapeau de feutre, comme pour saluer, il supplia :

— Monsieur, tenez, rien que cette petite, prenez-la, gardez-la le temps que vous voudrez, même sans la payer, dans les débuts. Quand vous l'aurez vue à l'œuvre, je jure que vous l'estimerez !...

Fine, pour montrer du courage, ôta ses mains de sa face ardente.

Elle regardait vaguement au dehors, avec la même anxiété que tout à l'heure, lorsqu'elle attendait un secours du ciel. Elle tremblait de désir, d'effroi, sous les yeux de M. Maurice qui s'occupait d'elle.

Une honte, cependant, dissipait son courage à mesure, parce que son père avait deviné peut-être le caprice de leur seigneur. Son père, en la proposant ainsi au service du château, diminuait la valeur de ses charmes, l'humiliait trop bas.

Son émotion de dépit toucha M. Maurice.

Il se tourna vers le paysan. Il se décidait enfin à embaucher Finette parmi son monde, lorsque la vision de sa mère, auprès de lui, se dressa.

Il eut peur. Haussant les épaules avec pitié, il dit :

— Caliste, n'insistons pas aujourd'hui. Le travail ne va pas au château. Les récoltes se vendent pour rien, les denrées sont hors de prix...

— Pécaïré !... Hé bé, nous attendrons. Je croyais que vous étiez venu pour ça, pour Fine.

— Moi !... Vous ne voyez donc pas mon fusil de chasse ?

— Oh ! si !... Pardon, pardon !...

— Qui donc a pu vous insinuer ?...

— Personne. Je sors si peu de ma terre. Oh ! pour un homme discret, vous n'en trouverez pas un autre comme moi...

Fine avait brusquement levé la tête.

Elle regardait son père avec angoisse, puis M. Maurice avec une douceur qui implorait. Maurice, tendrement, une seconde, lui sourit.

Elle baissa la tête, en rougissant, tout son cœur ému d'espérance.

Cependant, Caliste, pour dissiper le souvenir de ses déclarations imprudentes, bavardait :

— Oui, Monsieur !... Jamais nous n'avons connu pareille misère !... Quel sale gouvernement ! Les impôts nous écrasent. Les blés poussent mal. Les vignes meurent... Oui, Monsieur, si les enfants ne viennent pas à notre secours, nous sommes perdus, et il nous faudra bien aller chercher une vie plus douce ailleurs, loin de ce Quercy, que nous aimons tant !...

Fine, pour fuir son père, dont les insistances d'avare la desservaient auprès de M. Maurice, et pour jouir, une fois seule, bien à l'aise, de ses croyances heureuses, s'esquiva furtivement dans l'écurie, auprès des bêtes.

Maurice, fatigué par l'humilité de ce paysan déjà vieux, se pressa de partir :

— Adieu, Caliste, ne vous inquiétez pas. Je penserai à vous.

— Je l'espère bien. Si vous me négligiez par hasard, je monterais, un jour, au château.

— Non, pas ça. Je viendrai ici moi-même, quand il faudra, quand je pourrai... Point d'obsession, Caliste : sinon, vous compromettriez vos intérêts.

— Hé bé, Monsieur, je vous écoute... J'ai confiance en vous.

Maurice déguerpit à la hâte.

Et, le geste hardi, il murmura, sur le chemin désert où il retrouvait son courage et son désir croissant d'amour :

— A bientôt !...

XIV.

Toine envoyait à l'Espigne d'excellentes nouvelles de son travail aux champs et de ses progrès dans le monde.

Recommandé par M. Andour, il avait pu, à Pézénas, très loin de Quercy, en Languedoc, se louer garçon ramonet dans la ferme d'un noble, deux fois millionnaire.

Il avait eu la chance de rencontrer au village de Caux, dont le clocher pointu s'aperçoit du haut de la colline où est plantée la ferme, son ami, Firmin, le fils d'une épicière de Montpezat.

Dès sa sortie de la caserne du génie, à Montpellier, Firmin s'était marié avec une bonne, qu'il avait longtemps courtisée au Peyrou et à l'Esplanade. Il s'était donc installé au pays de sa femme, où son beau-père, adjoint depuis la République, l'avait élevé au poste de garde-champêtre, poste très lucratif à cause des maraudes qu'il pouvait se permettre chaque jour, sans courir aucun risque.

Toine faisait avec Firmin, dans les cafés et dans les auberges, des bombances à tout casser, des noces de mangeaille et de beuverie.

Ils s'étaient tant serré le ventre, autrefois, dans ce Quercy de pierres, de fèves et d'avoines !... En Languedoc, au contraire, l'argent coulait aussi facilement que le vin !...

XV.

C'était après les vêpres, à Montpezat.

Toutes les toilettes se montraient avec importance, sur la place de la mairie, sur la promenade qui va de la gendarmerie au bureau de poste et au chemin des Fossés, lequel descend du chemin de l'Amour à la route de Caussade.

Un peu hors du village, après une luzerne triangulaire, le chemin de l'Amour rejoint la route de la Madelaine, au quartier de la gendarmerie.

Il est désert d'habitude.

L'herbe pousse drue, du pied de ses platanes, jusqu'au milieu de ses ornières séculaires.

A une de ses extrémités, dans un retrait clos de haies, hommes et femmes jouent le dimanche aux boules et aux quilles.

Ensuite, la nuit mais rien que le dimanche, les farauds y vont seuls échanger leurs caresses, qui pour toute la semaine leur donnent de la joie.

C'est là, au Boljou, que Francès vint rencontrer Caliste.

Celui-ci, les mains derrière le dos, le front sous un chapeau de feutre presque neuf, attendait le crépuscule, en regardant le jeu, sans parler.

Francès, mystérieusement, le tapa sur l'épaule, et lui dit :

— Viens avec moi, Caliste !

— Té, c'est toi !... Qu'est-ce que tu veux ?

— Je veux une chose grave...

— Grave !... Grave !...

— Oh ! pas pour moi, tu le penses. Cependant, on n'est pas bien ici pour causer.

— Allons dans la pleine campagne.

— Non. Il peut y avoir des farauds cachés dans les broussailles. Suis-moi au « Cabaret de l'Europe ».

— Ah ! je n'y vais jamais, moi !...

— J'ai des ordres. Suis-moi...

Francès, autoritaire, avait entraîné déjà sur le chemin de l'Amour le rapace de l'Espigne, qui ne lui parlait que dans l'oreille.

Arrivés à la route de la Madelaine, ils tournèrent à gauche.

A cette heure, peu ou point de monde, au « Cabaret de l'Europe ».

Seuls, le juge de paix, singe à lunette, long, maigre, et son greffier, un brun à barbe d'apôtre, prenaient l'absinthe, sous la treille de vigne vierge qui, se développant sur toute la façade, ménage deux entrées, vis-à-vis les deux portes.

A gauche, la salle de consommation ; à droite, la salle de billard.

Les deux hommes pénétrèrent, lourdauds, se dandinant, dans la salle de consommation, se cachèrent tout au fond, entre la cheminée dont le foyer était bouché par des briques, et une cloison enduite d'un paysage de montagnes vertes et rouges.

Ce fut Francès qui, brièvement, non sans vanité, d'un coup de canne sur la table, commanda :

— Ouais !... Qu'on nous serve de la bière !... Et dégourdissons-nous !...

La maîtresse du logis, haute et charnue, arriva lentement.

— C'est vous autres !... salua-t-elle. Tu fais la noce, Caliste ?

— Pardi !... Puisque le sourd le veut !...

— Vous êtes donc devenus une paire d'amis ?

— Il y a longtemps qu'on se fréquente... Oh ! que, si je voulais, le château ne ferait pas un pli pour me prendre.

— Et aujourd'hui, peut-être, tu vas conclure pour une de tes enfants ?... Hé, hé !... Finette est gentille...

— Oh ! la masque que tu es !... En voilà des questions !... Et tu voudrais en savoir plus que moi-même !...

Caliste, irrité, cogna la table de ses poings, rabroua de tout son corps la commère, qu'il n'avait supportée que pour le parfum de sa chair, la clarté de son visage sensuel. Celle-ci, de peur d'être grondée par son homme, lequel respectait la clientèle, s'éloigna enfin, non sans soupirer de déception.

Francès tirait Caliste par la manche. Il s'inclina, et, prudent, bourdonna ses propositions de commissionnaire.

Ses lèvres gercées remuaient péniblement ; ses yeux, cernés de rouge, sortaient avides de la broussaille des sourcils. Au milieu de son front, une ride, plus creuse que les autres, se dessinait.

Caliste, tout en émoi, éprouvait du bonheur, de l'angoisse, jusqu'au fond de l'âme. Il examinait les choses, comme un poltron, dans la salle, autour de lui.

Ce n'était pas qu'une pudeur le gênât beaucoup. Mais, ainsi que tous les paysans, mêmes les plus pauvres, il avait son sentiment d'orgueil, de la vanité.

Il ne rougirait pas une seconde, si, au bout de son affaire, il attrapait de l'argent.

Mais il fallait, pour arrêter les médisances, qu'il montrât une forte somme de bénéfices. Il fallait surtout, si l'affaire n'aboutissait point, que personne au village ne connût sa défaite. Être dupé ou vaincu, là seulement était la honte.

Francès, avec beaucoup de complaisance, appuyait sur ses explications :

— Voilà, oui : M. Maurice, je ne sais pourquoi, a un brin pour ta Finette.

— C'est qu'elle vaut cher, la petite. Je l'ai bien élevée.

— Oui, dans les champs. Allons, sois raisonnable. Aguiche ton affaire, c'est le principal. Combien veux-tu ?

— Hum !... Qui le sait ?... Un pareil marché ne se conclut pas tous les jours. Voyons, toi, combien demanderais-tu ?

— Oh ! moi... A ta place, je ne demanderais rien.

— Hein !... Tu es fou !...

— Non !... Je dirais à M. Maurice : « té, vous désirez mon enfant, prenez-la, vous la rendrez sage, belle et fortunée... J'ai confiance en vous ». Et M. Maurice, ravi de ta générosité, dépasserait, j'en suis sûr, tes exigences.

— Oh !... Que nenni !... Je ne m'embarque pas sans promesses fermes.

— Tu ne veux pas les écrire, par hasard ?

— Non. Tu es aussi honnête qu'un châtelain, toi... Je t'estime, tu sais.

— Oui, flatte-moi... Mais lâche ton chiffre !

Caliste, n'osant exprimer par la parole un chiffre qui lui semblait fabuleux, leva ses mains, ouvrit très larges ses dix doigts, et à deux reprises les secoua.

— Je ne comprends pas, dit froidement Francès.

Elle attendait son faraud au seuil de sa terre (page 24).

— Hé bé, voilà : je réclame vingt écus de cinq francs, c'est-à-dire cent francs par mois, et qu'on me versera dans la maison, à moi !...

— Oh ! Oh !... Dans un an, tu serais Crésus !...

— Hé !... Je ne veux plus, si je consens au bonheur de M. Maurice, rester Job sur mon fumier.

— Tu exiges trop, tu n'auras rien. Dix écus, cinquante francs, ça suffit.

— Tu crois ?... Mais alors, cinquante francs, accompagnés de solides promesses ?...

Décidément, la marche ne manque pas !...

Tous les deux haussèrent les épaules.

Ils étaient également de la race des humbles. Une tristesse les gagnait, de ne point s'accorder encore.

Caliste baissa la tête, l'enferma dans une de ses mains calleuses, et réfléchit.

Le silence parut très long.

Ils entendaient, au feu, dans la cuisine si proche, le pot de bouillon ronronner.

Caliste se réveilla.

Il but un dernier coup de bière, pour se réconforter, et pointant ses yeux résolus sur les yeux patients de Frances, il dit :

— Le pauvre de l'Espigne doit toujours se résigner. Je cède, que veux-tu !

— Alors, cinquante francs, pour commencer, te conviennent ?

— Ma foi, oui.

— Et Finette, consentira-t-elle ?

— Pardi !... Je te crois !... Il ne manquerait plus que les filles maintenant se révoltent !...

— Je peux annoncer sa venue pour bientôt, à M. Maurice ?

— Quand il voudra !...

— C'est bon !...

Tous les deux s'épongèrent longuement la face, d'un pan de leur blouse.

Ils se serrèrent la main bien fort, avec autant d'émotion qu'à la foire, pour la vente ou l'achat d'une bête.

Balourds, ils sortirent.

Otant leurs chapeaux devant M. le Juge, ils se séparèrent, sans ajouter une parole.

XVI

On ne soupe qu'à six heures le dimanche. Caliste se trouve seul avec sa femme, à la maison.

Reine s'amuse encore sur la place de la mairie, au milieu d'une bande de gamins, de cinq ans moins âgés qu'elle.

Fine s'attarde dans la cuisine de M. Andour, où Françoise, la servante, lui montre les casseroles de cuivre, les bouteilles de vin vieux, les jarres d'huile, toutes les richesses qui excitent l'envie des pauvres.

Le froid éclate avec une jeunesse fraîche, parfumée des odeurs de la terre, que le printemps ranimera bientôt. Les arbres nus de la route, les bosquets épars autour de Montpezat, des herbes jaunes au bord des fossés, gémissent légèrement, aussi plaintivement que des voix humaines.

Il fait bon vivre au Quercy, ce soir d'hiver.

Au dehors, tantôt dans l'allée des pruniers, tantôt par la luzerne derrière sa maison, Caliste se promène avec inquiétude, rumine son affaire de vente. Il en a le regret déjà.

N'aurait-il pu obtenir davantage ? Jamais sa femme n'approuvera ce marché de dupe. C'est qu'il redoute chez Philo, mène un peu de conscience.

Timide, il se dissimule dans l'ombre, pour mieux s'habituer à l'horreur du péché, pour mieux ramasser son courage.

Le temps pressait. Fine, d'un moment à l'autre, allait rentrer. Lorsqu'un pas bruissait autour de lui, ou un chuchotement de branches, Caliste serrait sa bouche davantage. A peine il se félicitait de n'avoir pas encore avoué sa lâcheté qu'il retombait dans la tentation de l'argent.

Sa porte grande ouverte jetait sur les marches bleues, dans l'allée, une vague de lumière. Parfois, il s'adossait contre le mur, près du seuil, espérant qu'ainsi sa femme, qui remarquerait cette immobilité de badaud, l'interrogerait sur ses soucis.

Mais Philomène n'avait jamais soupçonné que son maître

Il rodé puis, un jour, concevoir quelque hésitation devant
elle. Déjà, elle avait lavé les verres, frotté la table, coupé
la soupe.

Un peu lasse, elle s'assit au coin de l'âtre.

— Qu'as-tu, enfin, ce soir, mon homme ? demanda-t-elle.

— Écoute, je te dis !..

Auprès d'elle, Caliste recouvrait son autorité, son courage.

Philomène frissonnait de crainte, et peut-être du pressenti-
ment d'un malheur. Car, son homme, au lieu de la rudoyer,
d'élever la voix, s'emparait avidement de ses mains, les lui
flattait avec chaleur.

— Qu'as-tu enfin, Caliste ?

— Chut !..

Il se pencha vers elle, sous ses yeux qu'il trouvait beaux ce
soir, à cause de l'énergie que leur donnait l'effroi ; et sur un
ton de prière, il s'expliqua.

— Écoute-moi bien Philomène, je veux te parler. Cette après-
midi, j'ai vu Francès, le brave domestique de M. Maurice.

— Sans m'avoir avertie ?

— C'est lui qui m'a cherché au Botjou. Nous avons bu de
la bière au « Cabaret de l'Europe ». Il a payé.

— Ça ne doit pas être pour rien.

— Non, évidemment !.. Il m'a dit que, si nous consentions à
embaucher Fine au château, M. Maurice serait bien content,
et madame la mère aussi, qui est si brave, si honnête.

— Que fera dans un château, où il ne manque pas de pastoures, notre Fine ?

— Elle s'engraissera, nigaude, et nous en même temps...
À la vérité, tout d'abord, je ne mordais pas aux séductions de
Francès. Mais les affaires sont les affaires. On ne résiste pas
longtemps à la tentation de gros bénéfices, pas vrai ?... Maurice désirera sans doute que Fine... notre Finette, tu comprends... ne serve que lui.

— Rien que lui !... Elle ne se fatiguera pas beaucoup ! On
ne la paiera pas beaucoup !... Ça se comprend.

— Au contraire !... Je veux te dire tout, Philomène, té !...
C'est difficile à traduire, tu comprends ?.. N'aie pas peur,
ce n'est pas les Maurac qui seront les dupes. J'ai conclu, oui,
à d'excellentes conditions. On nous donnera...

— Mais Fine !...

— Hé bé, Fine !... Maurice l'aime avec son cœur, tu sais !..

— Ah ! mon Dieu, je comprends !...

— La preuve qu'il l'estime, c'est qu'il nous donnera... Té !
ne te trouble pas. Tu me bouleverses. Ne t'en va pas. Je suis
le maître, après tout !...

— Mon Dieu, pécaïre !...

— Ah, çà !... Crois-tu que j'embaucherais Finette, pour rien,
pour l'honneur, pour des espérances !... Je t'assure que le seigneur de Valdeize fera d'elle une femme enviée, bien portante
et bien vêtue, plus adorable que les femmes de Montauban...
Je t'assure qu'il nous récompensera, nous autres. Ça, on l'a
mis dans les conditions. Autrement, rien de conclu !...

— Je ne veux pas ! je ne veux pas !... O ma fille !... protestait
Philomène.

Elle se leva d'un bond.

Les mains sur la tête, ainsi qu'une furie sortant de l'ombre,
elle frappa du pied, vociféra de douleur et de colère.

— Je ne veux pas ! Je ne veux pas !...

— Alors, ricana Caliste avec dédain, est-ce qu'il te plaît de
croupir dans la misère jusqu'à ta mort ?... À moi, non !...
j'en ai assez !...

Philomène n'avait plus de force. Tout son courage était
épuisé dans la révolte contre le crime, et peut-être dans son
âme de pauvre, la conscience avait déjà fléchi, comme l'arbre sous l'orage.

Ils se regardaient, un moment d'hésitation. Toute colère
s'apaisa. Le vent se levait par la plaine, et, confus, venait
gronder dans le val, secouer les arbres.

[...] Philomène, qui avait [...] de toutes les commères, et avide d'argent.

Elle s'assit sur le banc, mais adossée à la table, tandis que son homme qui était, au contraire, installé là pour manger. Ils durent se pencher l'un vers l'autre.

Caliste, avec une [...] qui riait au visage, lui montrait tous ses [...] ouverts.

— Tu vois !... Le château lui donnera dix écus par mois. À notre Finette !

— Ou ! Oh !... Dans un mois, tu n'as jamais gagné pareille somme.

— Je t'avais avertie. Il n'y a que l'amour qui gagne. Au jour d'aujourd'hui, Francès viendra prendre la fille, et nous, pour commencer, nous recevrons cinq écus. Ensuite, on verra. N'est-ce pas joli !... N'ai-je pas bien travaillé ?

— Si, très bien. J'avais tort de me fâcher tout à l'heure, car notre Finette sera dans une maison de luxe et d'honnêteté, où elle ne pourra qu'acquérir plus de prix et apprendre le bien.

Caliste, glorieux, laissait ses mains ouvertes devant les yeux de sa femme.

Celle-ci, éblouie, frissonnait de joie, d'orgueil, dans des rêves d'indépendance qu'elle n'avait jamais connus. Prise, à son tour, d'une rapacité plus exigeante, elle demanda :

— Combien penses-tu que M. Maurice nous donnera plus tard ?

Caliste, dans son enthousiasme, et pour jouir davantage de la satisfaction et de la rapacité de Philomène, mentit bravement :

— Nous aurons mille francs !... oh ! mille !... Je l'espère, pas dit... Mille, je le pense !...

Philomène, de stupeur, ne bougeait point.

Il se frappa sur la cuisse, et ajouta :

— Plus tard, tu verras, nous serons des notables.

— Pauvre Finette !... Elle sera heureuse, elle aussi. Sa mère priera Dieu pour elle. Le jour de son départ pour le château...

Ils se touchaient les mains avec un plaisir nouveau, comme si déjà ils eussent à manier le bel argent du seigneur de Valdeize.

XVII

De bon matin, le ciel encore grisâtre, Francès était arrivé chez les Maurac.

La pastoure mangeait une soupe à l'ail.

La veille seulement, ses parents lui avaient appris, sur un air d'autorité tout simple, que le valet de M. Maurice de Valdeize viendrait la prendre.

Ils ne savaient pas au juste pourquoi ; mais Caliste hochait la tête sans regarder Fine, en maugréant que c'était pour le bonheur de toute la famille.

Fine verrait bien, d'ailleurs. Elle n'avait qu'à obéir. Les [...] de Valdeize ne voulaient pas la manger, pour sûr. Elle n'avait donc pas à rester là plantée comme une bûche, et tantôt à rire, tantôt à porter ses mains aux yeux pour pleurer.

Philomène approuvait les conseils encourageants de son homme. Et plus que tout, plus qu'[...] orgueil d'être [...] d'un [...] riche, plus que l'imagination d'aller amasser de l'argent et de l'estime, la voix de sa mère, rien que le son caressant et protecteur de ses paroles, ranimait la pastoure.

[...] pour le bien de ses enfants, la [...] chaumière, Philomène jamais n'autoriserait [...] à s'embaucher pour le château. On ne pouvait pas [...] [illegible] le seigneur Maurice de Valdeize, dont personne ne pouvait [illegible]

M. Maurice ne méprisait pas les pauvres.

Au contraire, il voulait se retremper dans la race profonde du Quercy, la race qui chaque jour manie la terre et les bêtes.

Et, mon Dieu, mon Dieu, qui savait ?...

Finette pourrait un beau matin s'éveiller dame, si elle se faisait affectionner du monde du château, et si elle se faisait valoir auprès de M. Maurice, par les qualités que le ciel lui avait données.

— Et moi !... s'écria Reine avec effronterie. Personne ne veut de moi.

— Ton tour viendra, répondit Philomène. Ta sœur peut t'y aider !...

Cette flatterie de la mère décida tout à fait la pastoure qui éprouvait, parmi des appréhensions de son insuffisance au château, la joie de quitter cette chaumière où elle avait tant pâti. Le souvenir d'Adrien, ce nigaud qui l'oubliait à Montratier, lui porta aux lèvres un crachat de mépris, qu'elle jeta aux pieds de Francès.

— Apprête-toi, ma fille, lui dit celui-ci. Et partons.

Fine s'endimancha, et après avoir, non sans solennité, embrassé ses parents, puis Reine, elle suivit le sourd.

Fine et Francès cheminaient.

La campagne se développait, plus riche à mesure : des blés, des pâturages, qu'un ruisseau baignait. Fine entrevit, sur un sommet à la lisière d'un bois, quelques murs du château.

Elle se sentit un froid au cœur.

— Pauline, la servante de M. le Comte, est donc malade ? demanda-t-elle à Francès qui penchait son oreille.

— Non, elle n'est pas malade.

— Elle ne peut plus servir, cependant, puisque vous venez me prendre ?

— Pauline ne s'arrêtera jamais de travailler.

— C'est peut-être Suzanne, la fermière, qui souffre de quelque chose ?

— Suzanne, au contraire, embellit tous les jours. Et c'est peut-être pourquoi, hum !... son homme la serre dans sa maison avec une avarice incompréhensible.

— Ah !... Alors, moi, qu'est-ce que je ferai au château ?

Le sourd, qui, cette fois, n'avait pas bien entendu, haussa les épaules.

Fine se reprocha d'être partie si vite, sans avoir au moins discuté les conditions de son embauchage. Elle redouta de voir maintenant le jeune seigneur, avec le même effroi qu'elle éprouvait de rencontrer, à la nuit tombante, à l'heure où les pastoures ramènent à l'étable leurs ouailles, des hiboux qui ouvrent leurs yeux méchants.

L'émotion de l'inconnu l'étreignit, jusqu'au cœur.

Elle savait que M. Maurice aimait les pauvres, qu'elle ne souffrirait plus de la misère au château.

Mais pourquoi tant de mystères autour de sa petite personne ?...

Pourquoi M. Maurice l'avait-il choisie, elle si ignorante et si neuve, plutôt que Reine, par exemple ?

Il ne manquait pas d'autres pauvresses au village, et de très robustes, dégourdies.

Elle se rappela cette timidité douce dont M. Maurice l'avait honorée, pendant les vendanges, ces recherches d'étrange amoureux, qui avaient flatté son amour-propre de faraude, et la vision de ces jours de liesse déconcertait Fine davantage, au milieu de ses incertitudes, que Francès ne s'efforçait pas de dissiper. Si l'orgueil d'une destinée brillante, la terreur de ses parents, ne l'avaient secourue, elle aurait lâché le sourd sur la route et serait retournée à l'Espigne.

Elle fixait obstinément de ses yeux le château, où s'agitait un remue-ménage d'hommes et de bêtes. Des vaches, liées au joug, descendaient le chemin pierreux, qui coule de la ferme comme un torrent d'une source.

Fine reconnut Sidore, lequel, son aiguillon à l'épaule, chantait.

Soudain, Frances, d'un coup de coude, poussa Fine sur la droite, à la chapelle de Dorgues.

Le silence régnait.

Des moineaux nombreux piaillaient dans les haies, sur le toit de la chapelle, sur les croix pourries du cimetière.

M. Maurice, seul, dans la grange, languissait, non sans anxiété.

Au bruit des pas, il apparut sur le seuil, et très alerte, comme si Fine n'eût pas été là, s'adressa à Frances :

— Vous avez été vite rendus !.. Merci !..

Ensuite, sans regarder Finette, laquelle ne pensait à rien, tant elle était enivrée de joie et de crainte, il rentra.

Finette suivit Frances, qui disait :

— Voilà, Monsieur, notre demoiselle...

— Oui, oui, très bien.

— On ne lui a pas dit ce qu'elle viendrait faire sous vos ordres. Et alors, vous comprenez, moi non plus, je ne lui ai pas dit...

— Tu as eu tort. Enfin, nous allons réparer...

Maurice, le dos à la cheminée, que souillaient des cendres, des bûches éteintes, s'assit à table.

D'un geste, il fit asseoir, en face de lui, Fine très docile, de plus en plus remuée de crainte, et Frances. Celui-ci, ayant peut-être conscience de sa mauvaise action, tremblait.

Maurice s'accouda ; les yeux dans les yeux de la pastoure, il se mit à sourire. Elle souriait, par imitation, en fillette dévouée.

Le vieux sourd les protégeait de sa présence. Tous deux, les pauvres, sentaient un même courage les ranimer agréablement.

Maurice, enfin, avec calme, parla :

— Hé bien, voilà, Finette, je voudrais vous compter dans mon personnel. Pourtant, vous ne seriez qu'à mon service. Vous habiteriez ici, avec Frances, cette grange de Dorgues que j'ai fait restaurer. Il me faut quelqu'un d'honnête, de vaillant pour soigner cette petite maison, le jardin, le cimetière.

— Moi seule !.. Je suis jeune, je ne sais pas grand'chose.

— Le ménage, pour une femmote, un ménage si simple, n'est rien. Le pauvre Frances se fait vieux !...

Celui-ci, exagérant son hébétude, examinait en dessous les deux camarades, qui s'épiaient ardemment.

Une rougeur voilait le visage de la pastoure. Elle regardait la cuisine avec un air d'expérience, l'affectation d'apprécier les qualités d'une maison, son bien-être.

La salle, carrée, spacieuse, était éclairée par une grande porte et une haute fenêtre à volets gris ; elle s'ouvrait sur deux coteaux, qui là-bas forment deux torrents de verdure, dont le village, au milieu, paraît être la digue ébranlée. A sa main gauche, elle voyait l'évier, un menu fourneau de repassage. Puis, la cheminée de briques, où pouvaient se tenir deux hommes assis, l'hiver, auprès du feu ; et un escalier de bois grinçant qui montait, en tire-bouchon, à la chambre et au galetas.

A droite, l'armoire, énorme, luisante, fleurant l'ail et le pain ; une table encombrée de litres et de verres, posée contre le mur, et qui était pareille à celle où, sur un banc, auprès de Frances, Fine était assise.

Maurice s'était tu. Les investigations de Fine l'amusaient.

Mais ce brusque silence frappa la pastoure, et, de nouveau, elle s'offrit, les mains jointes, aux paroles du maître, qui demanda :

— Hé bien, Fine, que se passe-t-il dans ta tête légère ?

— Je ne sais pas, soupira-t-elle. Seulement, je ne peux pas rester.

— Pourquoi donc ?

— Je croyais qu'on m'embauchait au château.

— Mais, oui, c'est toujours le château !... Est-ce qu'on se
trouve mieux à l'Espigne ?

— Moi, je m'y trouve toujours bien. J'y suis chez moi...

— Ah !...

Maurice, le front entre les mains, s'était accoudé sur la
table. Une angoisse le faisait tressaillir.

Il répétait, tout bas :

— T'embaucher au château, ma petite... Au château, hum !...

Toine faisait avec Firmin, dans les cafés et dans les auberges,
des bombances à tout casser (page 31).

Frances, sentant l'approche d'une bourrasque, s'esquiva. Il
s'assit sur une pierre, un peu loin, au soleil.

Fine s'absorba, immobile, dans l'attention de son dos voûté.

Maurice sursautait d'ennui, s'écriait :

— Au château !... Je ne puis pas !... Je sais bien — ça irait
mieux. Mais je ne puis pas !...

— Pourquoi ne voulez-vous pas me prendre !

— Pourquoi je ne puis te prendre, Finette ? dit-il sur un
ton de prière et de caresse. Pourquoi ?... Tu me le demandes !...

— Pardi !...

[...] au loin.

— Voyons, tu as bien fréquenté au moins, un taraud ?

— Oh ! si peu... La crainte de me dire que les hommes sont des loups, surtout les riches, et qu'il faut les craindre.

— C'est un imbécile. Il t'a mal élevée. Les loups n'ont pas le cœur... Oui, il y en a beaucoup dans le monde. Mais toi, Fine, je ne serai pas un loup, va !... Allons, reste !... Tes parents se féliciteront de ta soumission et de ma conduite. Je leur donnerai des terres... A toi, je te donnerai de l'argent, beaucoup d'argent, tant que tu voudras.

— Si je reste ici, qu'en ferai-je ?

— Mais, quelque jour, tu sortiras de la grange [...] En attendant, tu seras ici la maîtresse.

Maurice s'était levé, câlin, souple.

Il s'approchait de la pastoure, avec un frémissement de tout son corps. Il s'impatientait de toucher enfin cette chair fraîche, qu'un jour, en passant, il avait désirée. Et il n'osait pas, devant la timidité de l'enfant têtue, imposer son autorité coutumière : l'amour s'imprégnait en lui d'une vertu, d'une chasteté, qui n'était point sans délices.

Fine, toujours humble, baissait les yeux, cachait ses mains.

Elle se sentait faible, à la merci du maître ; et aussi, dans la tendresse de l'homme jeune, qui commandait à tant de créatures et qui devant elle hésitait, elle concevait de la joie nouvelle, un orgueil.

M. Maurice, certes, ne lui déplaisait pas. Il était plus beau qu'elle, parfumé, propre, radieux de toutes les élégances.

Mais c'était un dieu puissant, qui, malgré tout, lui inspirait de la méfiance. Elle eut un sentiment de pudeur, pour la première fois.

Et se voyant, à cause de l'orgueil d'être désirée par un dieu de son pays, humiliée qu'il voulût l'acheter comme un agneau sans défense, elle l'eut repoussé avec colère, si elle avait osé.

Mais, la pensée de l'argent revenait obstinément lui donner de l'ivresse. Elle inclinait le front, s'abandonnait doucement.

Maurice lui saisit les mains, se mit à genoux, dans sa passion de la posséder aujourd'hui, tous les jours, à son gré.

— Fine, dit-il, je sais que je suis ridicule, moi, de te supplier ainsi. Mais, je te veux !... Et tu me résistes !... Comment te faire comprendre ton bonheur et le mien !... Là, tu vois, je suis à tes genoux, parce qu'ainsi tu verras que, dans cette grange [...] tu seras mon égale, quand je serai [...] tu ne souffriras pas !... Et [...] mon vœu [...] de te bien soigner, de te bien élever [...] les joies !... Tu n'auras [...] pas [...] maître en [...] je t'en prie, en te [...] les mains...

— Vous me faites honte, balbutia Fine. Je sais moins que vous ce qu'il faut dire... J'ai peur, qu'en vous mettant à mes genoux, vous vouliez vous moquer de moi et me tromper davantage.

— Tu es sotte, mon enfant... aussi sotte que moi, qui m'agenouille à tes pieds, au lieu de te donner mes ordres !...

Il la serrait fortement, avec une folie croissante.

Elle se dérobait, redoutait une étreinte sauvage [...] celles que parfois, le dimanche, [...] le voyait chez des tarauds brutalisant [...]

Maurice exaspéré, se redressa, et, volontaire, il empoigna [...]

Mais le vieux François [...] de son pas [...]

— Ah !... gronda Maurice. J'oubliais que nous ne sommes [...]

Il s'assit sur sa chaise avec brusquerie [...]

Tout son corps [...]

nocence et de pudeur donnaient un charme inconnu sur leur terre.

Soudain, elle se leva.

Maurice se leva aussitôt.

Elle, tendant les bras, le repoussa d'une voix qui menaçait, implorait à la fois :

— Oh !... Non ! Je ne veux pas !... Laissez-moi !...

— Crois-tu qu'on veut te manger ?...

— Non. Mais il aurait fallu m'expliquer votre volonté à l'avance !... Il m'aurait fallu y songer ! Non, non !... Je ne veux pas !...

D'un bond, elle se sauva, courut tel qu'un cabri, malgré les appels très doux de Maurice et de Francès.

Elle courut longtemps.

Son cœur battait avec violence, lui brûlait la poitrine. De temps à autre, elle se détournait, une seconde, puis reprenait sa course vers le village.

Il lui semblait échapper à quelque vengeance du riche sur les pauvres, les pauvres de l'Espigne, qui l'avaient immolée, elle, pour leur sécurité et leur bonheur.

Lorsque, dans sa terre, elle toucha la porte à claire-voie, Philomène, au fond de la chaumière, filait de l'étoupe.

Caliste labourait le champ de M. Andour, derrière l'église.

Fine n'avait plus la force d'entrer chez elle. On allait la gronder, la battre, la chasser peut-être.

Sa mère, stupéfaite, l'aperçut. Elle arrêta ses doigts au travail, et, de douleur, elle ne peut articuler qu'un mot :

— Té !... Té !...

Fine courut vers sa maison, vers sa mère. Mais, sur la porte, elle hésita de nouveau.

Sentant ses jambes fléchir, elle pleura.

Philomène lentement s'avançait. Elle s'assit, auprès de son enfant, sur le banc de pierre.

Farouche, ne sachant exprimer sa surprise, elle lui arracha les bras du visage :

— Hé bé, que fais-tu ici ?

— Je reviens, ma mère.

— Pourquoi ?

Fine, bien malheureuse, se mit à pleurer, à crier davantage.

— Où donc Francès t'a-t-il conduite ?

— A la chapelle de Dorgues, à la petite grange.

— Ah !...

— Je serais restée là, toujours.

— Tant mieux !... Tu aurais vécu à ta guise. Enfin, que t'a dit M. Maurice ?

— Rien.

Fine, les bras croisés, se renferma dans un mutisme bourru. Elle regardait fixement le jardin, et au-delà, les arbres du ruisseau.

— Tu n'as donc pas compris ?... reprit Philomène.

— Si... Même il y a longtemps...

— Alors, je ne comprends plus, moi... Tu étais partie d'ici, avec Francès, si contente !

Philomène, à ces mots, éclata de rire. Elle se trémoussa sur le banc avec une malice que son enfant ne lui avait jamais connue, et sur un ton de fanfaronnade, elle s'écria :

— Je sais maintenant, ma fille, que nous vaincrons tes résistances. Car Adrien ne t'épousera jamais, tu entends !...

— Comment le sais-tu ?

— Marthe ne consentira jamais à te donner son fils.

— Je le lui prendrai.

— Ah ! tu n'es pas assez rouée... Si tu étais restée là-bas, M. Maurice t'aurait rendue heureuse, et nous également, puisqu'il nous avait promis des terres, et même, plus tard, une somme de mille francs... mille francs, ma petite.

Caliste rentrait aussitôt, il lui sauta, comme un chien, à la gorge, et la bourra d'insultes et de coups.

— Tu iras chez M. Maurice !... cria-t-il. Je n'entends pas vi-

misère jusqu'à ma mort. La belle affaire! dit Adrien. Je méprise tout ça!... Crois-tu que nous irons mendier par ta faute!

— Mais je travaillerai, je me marierai!

— Avec qui!... Avec un terreux qui, à force d'enfants, te rendra encore plus pauvre!... Tu n'es qu'une révoltée, une sotte!... Attends, je vais te donner de l'esprit!... Va-t'en au lit tout de suite!... Tu ne souperas pas!... Demain, tu ne déjeuneras pas!... Je te prendrai par la famine, et nous verrons!

Fine, moulue de coups, les paupières en sang, se hâta vers son réduit. Vite, elle se coucha, s'enveloppa de sa couverture déchirée, dans l'ombre secourable.

Elle souffrait de ses blessures, elle haletait d'angoisse, les poings sur sa bouche, pour ne pas sangloter trop haut.

— Si je t'entends pleurer, je t'étrangle!... hurlait de la table le père Caliste, avec une fureur d'ogre affamé.

XVIII

L'insuccès de ses tentatives avait exaspéré le seigneur de Valdeize, devant qui tout le monde pliait.

Le lendemain, il fit savoir, par Sidore, à Caliste, que Francès le visiterait de nouveau, mais cette fois accompagné de Pauline, la bonne.

Depuis longtemps, Pauline sert au château, avec un dévouement d'esclave volontaire. Elle a quelque chose du mâle en sa voix, en ses attitudes, en sa peau rugueuse.

Vingt-cinq ans, petite, mal ficelée, elle plaît à Mme la comtesse et à M. Maurice. Son visage est composé de morceaux plats, d'où le nez et la bouche, font un épais relief.

Les pieds, dans des savates, elle va vite au ras du sol, comme une pie. Ses jupes poisseuses, frangées par l'usure, à moitié couvertes de tabliers, ont moins de volume que son corsage, où pendent les seins pareils à des paquets de cordes.

Ses yeux limpides jaillissent avec une sorte d'égarement, avec la passion des yeux d'enfant étonné. Sa taille a pourtant, sur ses jambes courtes, des souplesses félines.

Pauline se croyait désirée par M. Maurice. Elle lui faisait patiemment la cour, par des sourires, des caresses de bête soumise, des soins minutieux.

Pauline descendit à l'Espigne, après avoir soigné sa toilette, par coquetterie orgueilleuse devant Fine.

Le vieux sourd l'accompagnait. Elle n'osait le questionner, de peur d'en recevoir des explications, même ambiguës, qui l'eussent troublée davantage.

Les Maurac, dans leur chaumière, se tenaient prêts à la réception des messagers du château.

Aujourd'hui, par exemple, Finette allait s'embarquer pour la bonne fois.

Finette se sentait allégée de scrupules, plus forte de courage, parce que, dans son esprit, elle avait renoncé à Adrien, dont la mère méprisait sa famille. Philomène était froissée de ne plus voir Marthe, qui naguère encore, s'arrêtait le dimanche, contre la porte à claire-voie du jardin, pour bavarder sans façon.

On chargeait Marthe de défauts et de péchés : elle n'aimait pas son enfant ; elle le condamnait à demeurer éternellement valet de ferme, à tirer le diable par la queue, tandis qu'elle faisait, seule, à son aise, bombance avec le garde Ambroise.

Finette, que Caliste secouait d'une injure, dès qu'une moue d'hésitation contractait son visage, Finette avait pris sa résolution. Elle entortillerait M. Maurice, après Adrien

Hadel. Le jeune l'estimerait toujours autant que son brutal de père.

Son corps, dont elle commençait à concevoir la vertu, ne pâtirait pas, au château, de privations et de fatigues ; et Reine, qui devenait toujours plus enfant au milieu des gamins du village, ne la poursuivrait plus de ses sarcasmes.

On eût dit que quelqu'un des Maurac allait partir pour l'Amérique.

Ils étaient tous rassemblés autour de la table, en silence.

La mère, les poings aux genoux, regardait au dehors, jusqu'au bout de l'allée.

Caliste et ses filles, les coudes auprès de leurs verres vides, sifflotaient une chansonnette : de temps à autre, ils se considéraient, une seconde, en dissimulant vainement une angoisse.

Sur le lit des parents, à demi enveloppé de rideaux roses à raies bleues, Fine avait, dans un foulard rouge, posé son trousseau : une jupe de laine jaune et deux mouchoirs à carreaux, quelques rubans, une paire de souliers, une coiffe blanche et un fichu de laine verdâtre.

A l'arrivée de Francès et de Pauline, ils s'empressèrent d'un élan, offrirent à table les meilleures places, celles du milieu.

— Vous pouvez vous asseoir tous, dit Philomène. La table est nettoyée, vos habits du dimanche ne risquent rien.

Caliste sortit de l'armoire une vieille bouteille qu'il regarda luire à travers le jour.

C'était de l'orangeade : une eau épaisse où mijotaient, depuis deux ans, des écorces d'oranges, qui tout au fond, s'allongeaient comme des larves.

— C'est bon, ça ! souriait-il. Nous allons fêter le nouveau baptême de Finette.

Il distribua, non sans onction, sa liqueur dans les verres.

On trinqua délicatement à la santé de M. Maurice.

Le vieux sourd, qui savait à l'occasion dire une gaudriole, s'exprima d'une voix solide :

— Cette fois, Finette ne nous quittera plus !... C'est au château que nous la menons. Oui ! Fine n'est pas restée avec moi à la grange de Dorgues : je l'excuse. Pour elle, je suis trop vieux... Allons, vive la jeunesse, à qui tout est permis !

Il tapa son verre contre celui de Caliste, puis fit le tour de la société, en commençant par Philomène.

Il avait réservé Fine pour la dernière trinquade.

Glorieux, il l'interpella :

— Je suis sûr, fille, que le maître se félicitera maintenant de ta volonté comme de ta grâce !

Cette allusion d'amour, de servilité heureuse, souffleta Pauline. Elle se mordit les lèvres de dépit, et, par prudence, dissimula la rougeur de son émotion dans le verre qu'elle portait aux lèvres.

Fine, prise de coquetterie, comme Pauline, retira du foulard sa paire de souliers. Elle les mit aux pieds, les noua patiemment et, avec une sorte de dédain, jeta ses sabots dans un coin de la cheminée.

Philomène souriait ; Reine, muette, observait fixement Pauline.

— Partons, partons !... fit le sourd. Le maître nous attend là-haut.

Ce fut Mme la comtesse qui accueillit Finette, dans le vestibule.

Elle lui prit les mains, et, d'une voix compatissante, lui parla :

— Je sais, ma fille, que vos parents sont à plaindre, M. Maurice me l'a dit. Je souhaite que le travail ici vous favorise pour la santé, pour l'argent. Vous apprendrez tôt, n'est-ce pas, les devoirs d'une fermière ?

— Oui, Madame.

son.

— Oui, Madame.

— Je me fais vieille, moi.

Fine, sans trop savoir pourquoi, frotta, du bout de son tablier, ses paupières qu'aucune larme ne mouillait. Elle qui avait appréhendé de rencontrer d'abord M. Maurice, de le savoir un peu dur de rancune, était reçue par la grande dame, qui la flattait avec une amitié que jamais ne lui avait manifesté sa mère.

Pauline la conduisit à sa mansarde, chez les fermiers, au-dessus de leur chambre.

A leur descente, elles trouvèrent M. Maurice dans la cour, sur le banc de pierre.

Il interrompit tranquillement la lecture de son journal et dit :

— Vous voilà donc arrivée, Finette !... Vous ne nous quitterez plus, je pense ?

— Non, Monsieur.

— Les fermiers ne tarderont pas à rentrer. Ils vous montreront votre ouvrage.

Pauline, qu'enchantait la simplicité d'un tel accueil, envoya Finette à la ferme, puis rejoignit sa dame à la cuisine.

Bientôt, on entendit tout proche mugir les bêtes.

Dans la cour, l'une après l'autre, les charrettes rentrèrent.

Le chien de Dolphe vint, en grognant, rôder autour de Fine, qui admirait le spectacle de tout ce monde riche rentrant pour la pâture.

Dolphe, solide gaillard, un peu âgé, n'avait que le défaut de chérir un peu la bouteille.

Attaché à son épouse, sur laquelle il ne fermait les yeux que lorsqu'elle obéissait à leur seigneur. Il était aussi fier de sa prestance qu'un cheval de sa carrure. Sur son visage rubicond, le nez s'épanouissait avec deux, couture de fillons noirâtres ; de ses narines s'échappaient des touffes de poils fauves, assaisonnées de tabac.

En hiver, il laissait croître sa barbe, qu'il soulevait du dos de ses mains comme des crins de brosse.

Pendant ses heures de loisir, s'il se recueillait pour penser à son gain, à son épargne, la broussaille de ses sourcils cachait presque ses yeux, qui luisaient comme de l'eau dorée sous des ramures. On allait à lui pour rire un brin : il vous serrait les doigts bien fort, avec des gestes bon enfant, des moues de grand-père.

Sa femme le surveillait un peu, quoiqu'il n'eût jamais commis de sottise, au jeu, dans les cabarets, aux bals, aux fêtes, dans les villages.

Elle était robuste aussi, dans le plein de la maturité. Les fantaisies de M. Maurice augmentaient son orgueil de fermière, son sentiment d'autorité.

A part ça, un exemple de sagesse : on le respectait, dans le domaine et partout, à la ronde.

Bons comme le pain, vaillants à l'œuvre, depuis plus de vingt ans qu'ils servaient chez les Valdeize, ils arrivaient à poser en petits maîtres, surtout depuis la mort de sa parente, qui ne pénétrait pas, autant que M. Maurice, dans leur familiarité.

A la fin, le château leur appartenait un peu. Ils le soignaient comme un trésor.

Aux foires de Caussade, aux marchés de Mollères, aux cabarets de Montpezat-du-Quercy, Dolphe narguait, pour rire, sans morgue, les pauvres qui sont condamnés à conduire tout le long de l'existence la charrue des autres, à s'arquer l'échine avec le bâteau de la misère.

Sidore était tombé là, chez eux, un peu comme une poire verte de l'arbre.

Né à la Française, de parents alsaciens qui étaient morts

Philomène lentement s'avançait (page 41).

tous deux le même mois, Sidore avait accompli en Bretagne
son service militaire.

Puis, ne s'acclimatant pas sur une terre éloignée de ses
montagnes, il était revenu au pays.

Ses débuts furent d'un orphelin : il garda des troupeaux,
s'employa chez le tailleur de Montpezat, chez le barbier, au
cabaret.

Du moins, par la grâce de son indigence, il apprit tous les
métiers de ce monde. Parfois, il mendia son pain, un coin
d'étable pour dormir.

Mais en été, après les vendanges, le père de Maurice s'en-
goua de l'humeur facile de cet infatigable journalier, qu'il
établit garçon de ferme.

Dolphe le reçut en lui tapant sur le ventre. Dolphe n'avait
jamais eu de fils : il lui en tombait un vigoureux et doux.

Suzanne, chaque dimanche, au lever du matin, se laissait
embrasser par Sidore, qui aurait pu la désirer pour épouse.
Et alors, avec un air de bonté maternelle, Suzanne lui disait :

— Té, Sidore, puisque tu as bien travaillé cette semaine,
voici encore ta récompense.

Elle lui glissait dans le gousset une grosse pièce blanche,
afin qu'il s'en allât un peu faire bombance à Montpezat.

Et Sidore ne se privait pas de bon sang.

Haut, les formes rondes, la lèvre ornée d'une moustache
d'or, il prenait les filles à ses bras, les menait boire ensemble.
Et toujours quelqu'un se toquant de Sidore, il y avait des
disputes, parmi les farauds, dans les villages et les métairies.

On supposait que Dolphe lui céderait sa place à la ferme
des Valdeize. Sidore, pour toutes les familles, était un ex-
cellent parti.

M. Maurice se réjouissait des prouesses de son Don Juan
rustique.

Parfois, les veillées d'hiver, il se faisait conter, tout en
fumant la pipe, ses aventures d'amour, et il lui tapait fami-
lièrement sur l'épaule, à la grande joie de Dolphe et de
Suzanne, dont l'hilarité emplissait la cuisine.

Sidore, cependant, n'ignorait pas que son maître n'aurait
jamais supporté la moindre inconvenance, sur son domaine.

XIX

Madame de Valdeize avait de plus en plus besoin d'assis-
tance, dans sa vaste maison. Depuis sa maladie, elle avait pris
de la vieillesse.

Elle fréquentait moins les champs. Elle invitait son fils à
négocier seul avec les vendeurs de troupeaux, les marchands
de vin ou de fourrage.

— Fais ton apprentissage, lui disait-elle avec mélancolie.
Sers-toi de mon expérience, demande-moi des conseils, pendant que je vis encore. Mais il ne faut pas que des valets
puissent en remontrer à leur maître. Tu vas le devenir, toi.

— Allons donc !... Calme-toi, ma mère.

— Non, mon fils. Je ne jouirai pas longtemps du soleil et
de la terre. Je sens venir, mon fils, la fin de mon beau jour.

— Oh ! maman, quelles idées !... Tu as une santé super-
be, que la terre entretient à merveille, et tu ne me quitteras
de si tôt, ma chère maman !...

Celle-ci se détournait.

N'osant alarmer Maurice davantage, elle essuyait des larmes au coin de ses yeux.

Hélas !... Elle ne se trompait pas.

A la fin de l'hiver, des rhumatismes la contraignirent à
garder le lit.

Dans son inactivité, elle souffrit sans se plaindre, d'abord.

Mais, à chacune de ses crises, elle sentit la mort s'approcher davantage. Elle s'assombrit, dans ses défaillances, et contre son mal s'exaspéra.

Maurice ne quittait point son chevet. Il subit avec résignation, avec courage, les accès d'humeur de sa mère, qu'il avait toujours connue si indulgente et si bonne.

Il la consolait, essayait de la leurrer d'illusions :

— Il faut ici, dans notre domaine, insistait la comtesse, sur ce château, que notre nom règne toujours, que nos traditions se conservent pieusement... Si brusquement tu disparaissais, que deviendrait ce domaine ? A quel nom appartiendrait-il ?

Maurice, le front entre ses mains, se recueillit :

— Je te promets, ma mère, d'agir selon ta volonté et de ne plus méconnaître mon devoir.

— O mon fils, j'aurais été si heureuse de voir ton mariage ! Maintenant, je vais mourir.

— Mais non, ma mère !... Eloigne la pensée d'un tel désespoir, je te supplie.

— Ne cherche pas à me tromper. Je n'ai pas peur de la mort. Et je mourrai le cœur paisible de savoir que tu veux te donner une épouse, donner à ce domaine des héritiers. O les enfants de mon fils, que je ne caresserai point sur mes genoux, comme je te caressais toi-même, Maurice, devant ton père qui souriait !... Mais, au moins, Maurice, promets-moi de me les amener là-bas, au cimetière de Dorgues, sur ma tombe.

— Oui, mère, répondit-il en s'efforçant de réprimer les larmes qui s'échappaient de ses yeux. Console-toi. Oui, ma mère, je te promets de les amener là-bas, avec celle qui sera leur mère et votre fille. Dans nos prières, nous dirons ensemble le nom de mon père et le tien...

— Va, mon fils, laisse-moi un instant. Va surveiller ton monde dans la cour.

Généreuse, elle délivrait Maurice de la douleur qui le suppliciait.

Il sortit, s'en alla au grand air respirer de la vie, se ranimer à l'espérance qui, dans le vent de mars, passait sur l'opulente campagne.

Dans la nuit, la comtesse expira.

On eût dit qu'elle avait prévu l'heure de sa disparition, et qu'elle avait voulu, avant de quitter la terre, obtenir de son fils le serment qu'il perpétuerait leur race en Quercy.

La mort, en ouvrant à celui-ci la liberté de son cœur, lui rendait donc service. Il pourrait à son gré choisir son épouse, dans le peuple le plus profond.

Une honte, à cette pensée, éveillait en lui de la colère, et corrompait la passion romanesque et pure de son amour.

Le jour brumeux, où l'on porta au cimetière de Dorgues la comtesse de Valdeize, Maurice, au retour du petit plateau, Maurice a remarqué les langueurs de Fine. Il ne lui déplait pas de constater qu'elle suit le chemin du rêve et de la pensée.

Il ne voudrait pas la posséder de force. Ne goûterait-il pas, à la persuader, à la séduire, plus de volupté ?

Son appétit d'amour s'aiguisait d'une pudeur, qui l'emplissait de plaisir déjà. Il voulait, romanesque, livré de son plein gré à la perversité du songe, respecter la pauvresse qu'il convoitait. Obliger une femme à la joie du corps, la condamner à se soumettre à son seigneur, non !...

Il écartait de son désir la tentation d'un acte qui eût semblé un viol.

Toujours, d'ailleurs, il revoyait autour de lui sa mère, et il avait peur d'être lâche envers une de ses paysannes, impie envers le château.

Un soir que Fine, après avoir remisé les moutons dans l'étable, rentrait à la ferme, il l'arrêta, au milieu de la cour, et lui demanda :

— Pourquoi, Finette, languis-tu ?

— Je ne languis pas.

— Oh ! avec moi, ne mens jamais. Dis-moi tout.

— Hé bé, voilà, je languis l'Espigne.

— Rien que ton ruisseau et ta maison ?

— Mon faraud aussi, je l'avoue.

— Ah ! Ah !... Et si je le faisais venir ici ?

— Oh ! Monsieur !... Ici, avec moi !...

— Oui, tu vois que je ne crains personne.

— C'est vrai. Mais pourquoi craindriez-vous ?...

— Ah ! Ah !... La curieuse ! Tu sauras plus tard. Allons, si Adrien doit bien se tenir sur notre domaine, il viendra s'y acclimater.

— Oui, Monsieur. Je vous assure qu'il est honnête.

— Nous verrons ça. Rentre.

Fine eut meilleur appétit, le soir. Elle chanta ses chansons de l'Espigne.

Dolphe et Suzanne lui disaient que M. Maurice accomplissait toujours ses promesses.

En effet, à partir de la semaine suivante, Adrien fut embauché au château.

Il travaillait avec les hommes, dans les blés, dans les vignes. Mais, aux moindres loisirs, il rejoignait sa Finette, à l'écart, dans la cour.

Jamais, devant le monde, il n'eût embrassé son cou, pas même ses doigts.

M. Maurice les épiait. Peut-être voulait-il, en rapprochant Fine de son faraud, allumer en elle le feu de l'amour.

Adrien, pour sa joie prochaine de seigneur lui servait encore de domestique. Et le premier dimanche, il s'égara, tourmenté par une appréhension d'amoureux, à travers le bois.

C'est le printemps.

Les feuilles murmurent, si jeunes, avec une sorte de candeur. Les oiseaux, sautillant parmi les branches, se racontent leurs émois de la nuit.

De la sève coule au tronc blessé des arbres, dont les pieds sont ouatés d'une mousse tendre. Les cailloux glissants craquent sous les pas du promeneur solitaire, qui chemine au hasard.

Il s'arrête.

Il regarde autour de lui, et tout à coup, il aperçoit, dans une oseraie, la veste d'un paysan, le bonnet d'une paysanne.

Fine et Adrien s'étaient, en l'absence du maître, réfugiés au fond du bois.

Maurice les a reconnus.

La voix espiègle de Fine, tandis qu'Adrien se lamentait, avait ri longuement.

Maurice, dissimulé par un buisson, les épia, une minute d'angoisse. Un sentiment de répugnance le fit tressaillir.

Puis, le feu de la jalousie s'empara de son être. Et, furieux, il marcha dans l'herbe à grandes enjambées.

En un vol lourd de pies, les farauds s'échappèrent.

Adrien remettait péniblement sa veste ; Fine, pour courir à l'aise, soulevait sa jupe.

Maurice, satisfait de n'avoir pas été reconnu, rentra. Tout le jour, il demeura chez lui.

Les farauds, rien que de ne pas le voir, soupçonnèrent que le fâcheux de ce matin, dans le bois, c'était le maître.

Adrien s'émut de crainte.

Fine, au contraire, se félicita, puisque son moment de fièvre était dissipé, que le bois pût la retrouver encore dans l'innocence de son corps, sinon de son âme.

Le soir, Adrien, qui couchait au palier, pendant que Fine couchait au-dessus de la ferme, fut mandé auprès du maître.

Celui-ci, assis sur le banc de pierre, l'interpella d'une voix rude :

— Que faisais-tu ce matin dans le bois ?

— Je m'amusais.

— Non. Tu tourmentais Fine !

— On riait...

— Elle riait de toi, et tu la pourchassais en gémissant !... 'entends qu'on respecte. mes paysannes.

— Oui, Monsieur.

— Tu vas partir ?

— Pourquoi !... Pourquoi !...

— Tu vas partir tout de suite !... Et ne reparais plus ici, sur mes terres !... Ou gare !...

— Oh ! mon Dieu !...

— Point de plaintes, sais-tu !... Qu'on ne te voie pas seulement filer d'ici !...

Adrien tremblait sous les menaces du seigneur.

Il s'enfuit à la hâte, se promettant bien d'aller chez les Maurac raconter la vie de privations et de tristesses, que M. Maurice imposait sur ses terres.

Chez les fermiers, on s'étonna du courroux si brusque du maître. Est-ce que M. Maurice allait se conduire avec cruauté !

Sidore plaisanta Fine, qui, se roidissant contre l'infortune gagnait, dans l'effort de la dissimulation, un peu plus d'esprit.

Dolphe se coucha le dernier.

Des idées sombres, monotones comme des vagues, se heurtaient dans sa tête. Il eut la crainte que cette enfant de l'Espigne, qu'ils choyaient tant déjà, n'amenât sur son épouse et sur lui-même quelque désastre.

Est-ce qu'elle jetterait des sorts, cette pastoure ?...

Hé, ma foi, depuis son entrée à Valdeize, Pauline les tracassait : maintenant, ils ne pouvaient guère rogner sur la vente des œufs et des poules, que l'un ou l'autre portait aux marchés des communes voisines.

La nuit se dévoilait, grise, transparente, comme de l'eau. Dans les vallées profondes, les ténèbres s'abîmaient, plus noires que le ciel, où l'on voyait luire les jolies prunelles des étoiles.

Maurice dans sa chambre, veillait. Il écoutait avec méfiance. les rumeurs de la nuit.

Lorsque le silence eut recouvert une heure les vastes bâtisses, la maison, il descendit dans la cour.

A son approche, le chien grogna : mais, à la voix impérieuse de son maître, il se tut, rentra dans sa niche.

Maurice, un trousseau de clefs en main, ouvrit la ferme, monta l'escalier à pas lents, avec une volonté de somnambule. aucun scrupule.

La folie de ses sens déconcertait sa pensée.

Il allait, têtu, vers cette fille que le hasard, un matin de soleil, avait désigné à son désir.

Dolphe, en chemise, apparut tout à coup, muni d'une chandelle, sur le palier de sa chambre, au premier étage. Cette clarté subite, jaillissant dans la nuit des pierres, fit pâlir le maître.

— C'est moi, niais !... gronda celui-ci.

— Oh ! Monsieur !... Et où vous allez ?

— Rentre chez toi !...

Maurice repoussait chez lui le fermier, tout penaud.

Le fermier avait compris. Ricanant à la fois de peur et de malice, il verrouilla sa porte, et précipitamment se glissa dans son lit.

Suzanne, d'ailleurs, lasse de son jour d'oisiveté, se rendormait.

Maurice, là-haut, avait ouvert sans bruit la mansarde de Finette.

Les yeux écarquillés dans l'ombre, il s'avança.

Il contenait son souffle. Le sang lui battait bien fort aux tempes.

Finette dormait d'un bon sommeil, sur sa couche de paille.

Maurice s'arrêta.

Il prit une minute, le plaisir d'écouter, au milieu du si-

...ence, entre ces murs bas et pauvres, la respiration calme, régulière de l'enfant qui lui appartenait.

Il s'approcha, tendit ses mains tâtonnantes, et, doucement, auprès de la couche, il s'agenouilla.

Fine se remuait à peine, d'un geste paresseux de tout son corps.

Il se coucha contre elle, d'un bond.

Tandis que, d'épouvante, elle se redressait, il l'étreignit avec force, et de même que sur l'épaule de Dolphe tout à l'heure, il pesa de son poing sur le visage de Finette, en lui disant des paroles de reconnaissance, d'amour et de prière.

Finette, étonnée, se soumit bientôt : servante docile, elle se livra, dans un rêve qui emportait de joie tout son être.

Il promit de l'argent, du bonheur, de tout.

Fine, qui savait par les fermiers que M. Maurice tenait ses promesses, souriait avec un sentiment d'orgueil, que jamais elle n'avait éprouvé.

Elle livrait, dans sa jeunesse, au milieu de l'ombre, tout le trésor qu'Adrien avait tant protégé des loups, naguère.

XXI

L'aube, qui blémissait sa couche défaite, intimida Fine. Elle eut honte, elle se jeta brusquement contre le mur.

Elle pleurait. Pourtant, au fond de son cœur, elle était heureuse.

Maurice, son maître, venait de la quitter, en l'embrassant bien fort, avec une bonté que n'avait jamais eue Adrien, son promis.

Maintenant, qu'allait-il arriver sur la terre, pour elle, pour les siens, et pour M. Maurice ?...

Peut-on jamais savoir, et avec des riches qui ont tant de puissance, et qui n'obéissent qu'à leurs fantaisies ! Fine jamais ne s'était sentie si fière d'espérances.

Maurice l'aimait plus que son frère, plus que sa mère, pécaïré !...

Lorsqu'elle descendit, un peu confuse, baissant les yeux, elle s'étonna de remarquer un changement partout, plus de beauté sur la figure des gens et des bêtes, sur la campagne.

Dolphe et Suzanne, une minute, se chuchotèrent des choses graves à l'oreille, sous le manteau de la cheminée.

Ils entourèrent leur petite de soins et de cajoleries, augmentèrent sa part de soupe, lui offrirent du vin à plusieurs reprises. Ils l'observaient discrètement, en évitant ses regards, pour ne pas la troubler, pour ne pas lui déplaire.

Fine, cependant, ne se troublait pas du tout : elle souriait, au contraire, à propos de rien. Elle éprouvait la jouissance d'être débarrassée d'une peine, sans pouvoir dire laquelle, et l'orgueil d'entrer dans une liberté plus grande.

Le soleil, pour elle, resplendissait davantage. Le ciel brillait, bleu comme les yeux de Monsieur Maurice.

Elle s'imagina, un instant, que toutes ces terres, ce château, lui appartenaient, à elle aussi.

Pendant qu'au pâturage, bordé par l'Emboulas, elle gardait son troupeau, Maurice s'acheminait à pied vers la masure de ses parents. Pour éviter le village, il suivit le chemin de l'Amour, puis le ravin précipité qui tombe de Montpezat, en longeant le cimetière.

Dans le val de l'Espigne, la veuve Radel, sur sa porte, causait avec le garde Ambroise, qui lui pétrissait le menton entre ses doigts amoureux.

Adrien, entendit, du fond de la cuisine, M. Maurice déclarer, en passant, à sa mère, ne plus vouloir chez lui ce méchant garçon de l'Espigne, si détrousseur de filles.

— Tant pis, Monsieur ! répondit Marthe, qui haussait les

épaules avec indolence. Je garderai donc mon fils au moulin.
Après tout, il ne me gênera pas longtemps.

— Moi, il me gênait trop.

Et M. Maurice, sans qu'on sût s'il se moquait ou s'il rica-
nait de colère, traversa lestement le ruisseau de l'Espigne.

Reine, sortait de sa chaumière, filait comme une chatte, au
long d'une haie.

Caliste grondait sa femme, de toujours penser à Fine, qui

— Dolphe, solide gaillard, un peu âgé, n'avait que le défaut
de chérir un peu la bouteille (page 44).

n'était pourtant pas malheureuse, puisqu'elle n'envoyait point
de nouvelles.

À la vue de M. Maurice, les deux paysans se levèrent, d'un
bloc.

Lui, effleurant de la main son chapeau, salua :

— Bonjour, les amis !...

— Té !... Bonjour !... Qu'est-ce qui arrive !... Vous ne nous
rendez pas Fine, par hasard, après Adrien ?...

— Rassurez-vous. J'apporte un message qui vous fera plaisir... Un message du ciel !...

Philomène avait offert la chaise au châtelain.

Devant lui, Caliste s'assit, sur le banc de la table, et il pétillait d'anxiété, de joie sensuelle, en ôtant sa casquette aussitôt que pour la dixième fois il l'avait remise.

Philomène s'assit, à son tour, sur le banc : mais, dissimulée à demi par le dos de son homme, elle fixait des yeux le visage de M. Maurice, un visage propre comme celui d'une demoiselle.

— Voilà, dit le seigneur de Valdeize. Fine va très bien. Elle ne languit pas. Elle restera, je le crois fort, dans mon château tout le temps que vous voudrez.

— Oh ! toujours !...

— Elle n'a plus peur... même, tenez !...

Maurice, sans trouver exactement ses paroles, fouilla dans les poches de sa veste, exhiba un portefeuille de cuir qui sentait bon la peau d'une jeune femme.

Philomène poussa un cri d'étonnement radieux.

Caliste ne put contenir sa frénésie, il tendit les mains :

— Voyons !... C'est pour nous ?

— C'est pour commencer, répondit Maurice. Je veux que vous soyez contents de moi et de votre fille.

Il sortit du portefeuille les billets de banque, trois billets de cent francs, et après les avoir remués, il ajouta :

— Ces billets sont à vous.

— A nous ! A nous !...

— Je pense qu'ils suffiront à l'achat de la luzerne que vous convoitez.

— Oh ! oui, Monsieur !... Quoique, peut-être... Enfin, nous verrons...

Philomène, dressée sur ses sabots, avançait par saccades ses bras jaunes vers les papiers couleur d'azur. Caliste les essuyait, les palpait avec gourmandise, comme s'il eût, entre ses doigts rugueux, apprécié de la toile chez le marchand de Montpezat.

Il secouait les épaules, repoussait obstinément sa femme trop hardie. Et, dans un silence, il songeait, bredouillait ses rêves, oubliant qu'il n'était point seul.

Tout son être riait.

Lorsqu'il eut bien joui de sa surprise, il hocha la tête, regarda M. Maurice avec un sentiment léger de méfiance.

Est-ce que M. Maurice ne lui réclamerait pas, en retour, un service malhonnête, ou impossible à rendre ? Est-ce que personne jamais ne viendrait lui reprendre cet argent ?...

Cet argent, qui coûte si cher à gagner, et qui file comme le vent !...

Maurice bientôt se fatigua de la rapacité de ces terriens, dans leur demeure sombre. Il se leva, en époussetant son pantalon, sa veste, comme si, à leur contact, au contact de la chaise, il se fût souillé.

— Hé, dites-moi, demanda Caliste, vous avez encore beaucoup de ces billets, Monsieur ?

— Pardi !... clama Philomène. Que vous êtes heureux à Valdeize, Jésus-Marie !...

Maurice eut un sourire de pitié.

Il répondait des yeux, d'un signe de tête.

Il marcha, pour sortir, lentement, à reculons.

— Allons, bonjour !... Ne vous inquiétez plus de Fine.

— Oh ! nous n'avons jamais eu d'inquiétudes ! riposta gaiement Caliste. A présent, ça y est bien, la conclusion de notre affaire !...

— Alors, bonjour !... Vous n'avez rien à dire à votre enfant ?

— Mon Dieu, rien !... qu'on a toujours de la misère, du mal avec les bêtes...

Caliste allait geindre, inépuisable en ses désolations, lorsque le seigneur s'esquiva.

Alors, dans la maison silencieuse, les deux époux, qui de longues années n'avaient pas connu la joie de s'aimer, se regardèrent, en souriant,

Ils se rapprochèrent d'un geste (leur cœur tremblait de tendresse) comme au vent d'avril la feuille qui cramponne se par miracle aux arbres trop vieux.

Et, d'une effusion, ils s'embrassèrent.

XXII

Maurice rentra au château dans la nuit. Il ne sut rien de l'escapade de Fine.

Pauline, pas davantage.

Car les fermiers se gardaient bien de provoquer un scandale, dont l'éclat pouvait leur nuire.

Pauline, malgré ses investigations, ne pénétrait point le motif des chagrins de son maître. Il n'avait pas encore tendu vers elle sa main opulente, et cependant, il lui abandonnait le gouvernement de son ménage.

Honnête, laborieuse, elle ne gaspillait pas un sou. Elle rognait sur la moindre emplette, surveillait toute la domesticité, pour se faire valoir.

Fine l'inquiétait de plus en plus.

Avec son instinct de femme, de bête dérangée en ses habitudes, elle sentait que la jolie brune de Montpezat lui ravissait son maître, et, avide d'avoir un grief, pour la combattre et l'outrager, elle ne pouvait la surprendre en défaut de paresse ou de galanterie.

Fine ne modifiait pas son genre de vivre.

Partie de grand matin, elle ne rentrait souvent qu'au crépuscule, avec ses oies ou ses moutons.

Accablée de fatigue, elle ne sortait pas de la ferme, le soir. Dolphe et Suzanne, plus habiles en esprit que Pauline, la soignaient ainsi qu'une héritière.

Après les ladaïses où les bourrades joyeuses de Sidore, elle montait tranquillement se coucher.

La nuit d'amour, sa nuit terrible et délicieuse, lui revenait sitôt en mémoire, dans la solitude des murs si pauvres. Elle s'étonnait que son maître n'eût pas le courage de remonter dans sa mansarde qui était à lui.

Pourtant, elle fermait à clef; elle poussait l'escabeau contre la porte.

Lorsque, dans le recueillement de l'ombre, elle avait assez songé, pour se donner la volupté de l'appréhension, aux prières folles, aux promesses de M. Maurice, elle s'endormait, les mains jointes, jusqu'à l'aube.

Durant la semaine, Fine et Maurice ne se rencontrèrent seuls qu'une fois, sur le seuil de la cour, à l'heure de dîner.

Ce jour-là, on faisait bombance à la ferme. Il s'agissait d'un cassoulet, dont Finette courut prendre sa part.

M. Maurice s'était adossé à un des battants grillés de l'ample porte de la cour; son regard errait sur l'horizon immense.

Dès qu'il aperçut Fine, il baissa les yeux.

Elle n'osa le saluer.

Cette nuit, elle s'endormit péniblement. Elle revoyait toujours M. Maurice, avec son visage pâle et bouleversé.

À son réveil, elle eut une surprise que l'aurore, sitôt venue, la trouvât seule, bien tranquille dans son lit.

Malgré tout, au-dessus d'elle, un nuage flottait, une tempête menaçante.

Fine sentait que la servante, toujours boudeuse, lui voulait du mal et lui en ferait. Dès lors, elle s'efforçait de ne point goûter l'existence cossue du château; elle s'y prétendait gênée.

Le souvenir de sa soumission trop lâche au caprice du mal rôdait autour d'elle, comme un doute mauvais. En quittant le château, elle se fût délivrée de cette peine.

D'autres fois, au contraire, elle se redressait, fière de son charme, hardie contre l'hostilité de Pauline. Celle-ci était laide, ridicule, avec sa voix rauque et ses yeux de crapaud.

M. Maurice, entre ses deux servantes, ne pouvait hésiter.

Alors, des ambitions ressaisissaient Fine. Ce n'est pas elle qui serait la proie, mais M. Maurice. « Il ne se mariera pas, se disait-elle. »

Il lui avait juré que non, qu'il l'aimait, elle, dans sa pauvreté, et à cause de sa simplicité, à la folie.

Il disait vrai, peut-être ?...

Mais Maurice, la nuit, ne remontait pas à la mansarde. La passion d'amour le pénétrait, si ardente, qu'il en avait une honte nouvelle.

Si Fine, par vanité, racontait ce péché, qui provenait sans doute de quelque maladie de l'âme, qu'adviendrait-il, sur le domaine, dans le Quercy, de l'autorité et de la dignité des V... leize ?

Il voulait éprouver la prudence d'une si jeune fille, son égoïsme, s'assurer de la discrétion et de la ruse de son esprit.

Le dimanche, on partit, ainsi que de coutume, le maître et les domestiques, pour la chapelle de Dorgues.

Francès y avait déjà, sous la treille verdissante du hangar, préparé une table remplie de victuailles.

Sidore, plaisanta le vieux sourd sur son appétit, au premier déjeuner.

Après la messe, ils s'en retournèrent : Pauline marchait glorieusement auprès du maître ; puis, Dolphe et Sidore, qui causaient de la belle pousse des blés ; enfin, Suzanne et Fine, qui péroraient gentiment à propos de la prochaine foire de Molières, si remarquable par ses marchands de draps.

Fine, qui n'avait jamais vu foire pareille, écoutait, les yeux grands ouverts, le bavardage de la fermière.

Le soleil resplendissait dans un ciel sans nuage.

La campagne, ainsi qu'une paysanne allant au bal, souriait, se parait de fraîches verdures qui, çà et là, comme des rubans, claquaient à la brise.

Fine passa l'après-midi, sous la treille de la ferme, à jaser avec Dolphe ou à coudre avec Suzanne, à faire gambader le chien après des cailloux.

M. Maurice demeura longtemps à l'écart, dans l'allée feuillue qui coupe en deux les vergers.

Un journal de Montauban à la main, sa pipette de campagnard à la bouche, il baguenaudait, songeait en soi-même. Soudain, le sentiment du courage, ainsi que l'eau d'une source, purifiait son chagrin.

Fine n'était plus, pour lui, la pauvresse de Montpezat, une de ces créatures familières des animaux et des plantes, faite seulement d'instincts et d'appétits. Depuis qu'elle participait du domaine noble, elle participait un peu de son maître, du cœur et de l'esprit de celui qui commandait à leur terre commune.

Elle devenait une femme accessible aux désirs d'un seigneur; elle s'émancipait, de par les grâces de son sexe, de sa basse nature. La fille des Maurac si calleux, si répugnants d'avarice et de bestialité, ne serait-elle point, hors des ombres de son origine, digne d'un époux tel que lui ?

Elle lui obéirait, épouse, avec passion ; elle consacrerait sa vie à le servir, à lui donner toutes les joies. Lui, très vite, formerait la créature jeune et malléable à la connaissance du monde, qui, d'ailleurs, se bornait pour eux aux limites de Valdeize.

Maurice, malgré la beauté de ses rêves, ne savait point se résoudre à les réaliser. Au moment d'agir, il reculait, avec pudeur.

Mais, ce soir, il voulut se montrer hardi, vraiment le maître, devant les autres, devant soi-même.

A table, Pauline le servit en maugréant plus qu'à l'ordinaire.

Maurice bientôt s'irrita des bouderies, et aussi des soins em-

dressée d'une paysanne, non... Il chérissait jusqu'à cette
crème. Elle se dévouait depuis tant d'années, humble comme la vieille ânesse qui fit ses dents à l'écurie. Et Maurice lui pardonnait son bavardage sournois, son obséquiosité.

Seulement, il surprit au vol, parmi les grondements qu'elle poussait, le nom de Fine.

Il hocha la tête, et demanda :

— Que me racontes-tu enfin depuis une demi-heure ?

— Rien, rien Monsieur...

Elle se dirigea vers la fenêtre, écarta les rideaux, et son regard inquiet fouilla les ténèbres.

— Qu'observes-tu maintenant ?.. Voyons, quoi ?.. Je veux savoir !

Pauline s'approcha. Comptant sur ses doigts de ménagère, elle dit :

— Oui, Monsieur, j'ai vu Adrien rôder par chez nous toute l'après-midi. Je l'ai rencontré dans le bois, autour de la ferme. Fine s'est égarée sur le chemin, sans rencontrer son faraud.

— Tu mens !..

— Demandez à Fine : un moment, Adrien s'est avancé jusqu'au mûrier de l'aire, et, mon Dieu, je ne sais pourquoi il n'a pas eu le toupet d'entrer dans la cour. Il serait entré, s'il avait su que Monsieur...

— Assez !... Tu m'ennuies, à la fin, avec tes espionnages et tes dénonciations !... Que prouve ton histoire ?.. Rien. D'abord, tu mens !...

— Oh ! moi !...

— Oui, Fine est restée toute la journée sous la treille de la ferme, avec Dolphe et Suzanne. Elle ignorait donc que cet imbécile d'Adrien flairait les murs du château.

— Si elle n'a pas quitté la ferme, c'est qu'elle n'a pas osé.

— Tu prétendais l'avoir aperçue sur le chemin !...

— Hé bé, mettons que je me sois trompée. Si elle n'est pas partie cette après-midi, c'est qu'elle n'a pas pu. Et cette nuit, allez, les deux fiancés de l'Espigne ne manqueront pas leur coup !

— Voilà que, dans la colère, tu proclames leurs fiançailles ?

— Croyez-vous, Monsieur, qu'Adrien aurait osé s'approcher, après votre défense, si son amie de toujours ne s'était pas entendue avec lui ? Non, voyez-vous, c'est une rien du tout : je la déteste.

— Je le vois !

— Plus tard, vous me donnerez raison, Monsieur. Pourvu que ce ne soit pas trop tard !...

— Hé bien, je vais voir si tu dis la vérité. Va chercher Fine !...

— A présent ?

— Va la prendre tout de suite !...

Pauline regardait la porte, sans se décider à sortir. La peur, la haine l'agitaient ensemble. Enfin, dans sa rage, pour montrer une sorte d'autorité, et d'autre part espérant peut-être que Fine ne saurait devant elle se défendre, elle partit.

Fine, dans la ferme, ne se fit point prier. Elle abandonna Sidore, qui presqu'entre ses bras, plaisantait, et ayant encore aux joues la rougeur d'un baiser, elle suivit la servante sans le moindre soupçon du mal.

Dès qu'elle se présenta sur la porte de la salle à manger, M. Maurice l'interrogea :

— Dis-moi, Fine, est-ce vrai ?.. D'abord, approche-toi !.. ne tremble pas tout d'un coup, avant de savoir.

— Mais quoi !... Qu'est-ce qui est arrivé ?

— Est-ce vrai que tu devais, aujourd'hui même, rencontrer Adrien dans le bois, ou autour du château ?

— Oh ! non, Monsieur !...

— Penses-tu à lui quelquefois ?

— Oh !... si peu !...

— Alors, cette nuit, tu vas dormir tranquillement dans la mansarde ?

Finette, au lieu de répondre, toisa d'un regard de mépris la servante.

Celle-ci ne bougeait pas, dure dans son envie, la figure embrasée de laideur croissante.

Finette cria :

— C'est elle qui invente, je parie, ces histoires pour me perdre !..

— Oui, c'est moi !..

— C'est toi, menteuse !.. C'est toi, canaille !..

Fouettée par l'injure, Pauline sauta sur la pastoure, lui griffa les joues, la gorge. Celle-ci, forte de son droit frappait de toutes ses forces, à coups de poing, à coups de pied.

Maurice sépara, non sans peine, les deux rivales.

Fine avait le chignon dénoué : un flot de cheveux roula sur sa poitrine. Des pleurs mouillaient ses joues. Ses dents blanches étincelaient de fureur, sur les lèvres que mouillaient des gouttes de sang.

Pauline, dont la coiffe déchirée ne tenait que par un lambeau sur la chevelure aussi noire que du cuir verni, offrait, dans sa défaite, une apparence de vieillesse. Et elle trépignait, crachait des outrages, menaçait Fine par des gestes, qu'elle dissimulait derrière son maître.

Celui-ci, avec calme, déclara :

— Les querelles ne me conviennent point, vous le pensez bien, l'une et l'autre. Pauline, si tu restais dans cette maison, tu deviendrais folle. Francès se fait vieux à la chapelle de Dorgues : tu iras loger avec lui.

— Non !

— Nous te trouverons un gars qui t'aimera, n'aie crainte.

— Je ne veux pas !..

Maurice, piqué, répondit simplement :

— Tu ne veux pas ?... Hé bien, tu iras où tu voudras. Je ne te veux plus au château. Il me plaît de garder Fine.

Pauline, accablée de douleur, s'affaissa sur un fauteuil. Elle gémit, demanda pardon. Maurice demeura inflexible.

— Il faut, conclut-il, que tu m'obéisses, ou que tu partes.

— J'obéirai...

Elle s'enferma dans la cuisine. On l'entendit pleurer encore. Mais, dans sa désolation, elle conservait l'espérance, puisqu'elle restait sur le domaine, de reconquérir son maître.

Celui-ci pressait dans sa main celle de Fine, laquelle l'observait ardemment, avec intelligence. Le seigneur du château préférait donc la fille des Maurao : il faisait des sacrifices pour elle. Alors, elle eut une sensation profonde d'orgueil, de tendresse.

— Va, lui dit Maurice. Ne t'inquiète pas...

Elle sortit, en souriant.

Sidore avait quitté la ferme. Elle monta se coucher.

Tout le domaine, maison, arbres et bêtes, reposait dans l'ombre, lorsque Fine entendit Maurice gravir lentement l'escalier. Il ouvrit la mansarde. Fine eut peur, malgré la joie de son corps. Elle s'enferma dans la couverture, un moment bien fort, avec un dernier sentiment de frayeur qui augmentait le plaisir de sa poitrine.

Son maître, cette nuit, l'aima plus longtemps. Lorsqu'il descendit, elle ne put contenir des larmes, qui lui furent douces pour la première fois. Pauline avait osé l'outrager devant leur maître : c'est elle qui le posséderait jalousement. Elle l'aima d'abord, en haine de sa rivale. Et d'ailleurs, lui qui obligeait tout le monde à l'obéissance, s'attendrissait entre les bras de Fine, avec plus de docilité encore que le faraud de l'Espigne.

XXIII

Pauline s'installa, le lendemain à la chapelle de Dorgues,
avec Frances. Elle ruminait une vengeance. Puisque Monsieur
la payait d'ingratitude, elle le trahirait. Elle tiendrait mal ses
comptes d'argent, elle se formerait un petit magot, et une
fois que son épargne lui permettrait d'acheter une maison, une
terre, une chèvre, elle s'en irait dans la liberté, choisir un
bon travailleur de Montpezat.

Ce même lundi, Maurice, qui rayonnait d'allégresse, demanda Caliste à son domaine.

Caliste accourut aussitôt, sans avoir pris le temps de pas-
ser sa veste des dimanches ni de manger la soupe. Il arriva,
vers dix heures, à Valdeize. Maurice, qui s'asseyait à table,
lui dit :

— Ah !... Ah !... Ça n'a pas traîné, votre visite !...

— Vous ne me voulez que du bien. Alors !...

— Asseyez-vous en face de moi. Mais oui !... Vous partage-
rez mon tricot.

Caliste eut préféré s'asseoir sur un banc, et manger avec
Dolphe, dans la ferme. Tout de même, il se résolut.

— Hé bé, je ne refuse pas. Puis, j'avoue que j'ai faim.

Il s'était avancé son assiette blanche vers le plat de bœuf.
Après avoir examiné avec embarras sa fourchette, il la repoussa, et bravement, de ses doigts précipités, il piqua dans
l'assiette, et mangea. Il jouissait des sourires de M. Maurice,
de ses flatteries, auxquelles il répondait par des hochements
de tête. De temps à autre, il touchait son grand couteau fermé,
qui lui remplissait une poche du pantalon. Ce couteau, il le
portait toujours comme tous les paysans, en cas d'une attaque
de ces chemineaux qui remplacent les loups, au jour d'aujour-
d'hui dans le parage des fermes pauvres.

Fine servait. Finette en tablier blanc, endimanchée, d'une
robe bleue, le corsage fleuri de giroflées rouges, que M. Maurice lui-même avait cueillies dans le jardin. Ses joues avaient
le velouté des roses, ses yeux brillaient d'une gaîté hardie.
Elle allait et venait agile, avec des brusqueries d'enfant, une
légèreté d'oiseau, un peu maladroite de son corps, se cognant
parfois au buffet, ne sachant pas donner les plats à la minute
précise, mais fière de régner au milieu de ces richesses que
le seigneur lui avait confiées toutes à la fois.

Le paysan, qui s'offrait lui-même de larges rasades de
vin, bavardait :

— Tout de même, c'est le miracle ici, la tranquillité d'une
chapelle, la bonne odeur d'une cuisine d'auberge. Et depuis
qu'on vous connaît, monsieur le comte, c'est aussi le miracle
dans ma chaumière.

— Tant mieux !... Mais à présent que nous avons dîné, cau-
serons-s'il vous plaît de choses sérieuses.

— Ah ! Ah !... Voyons !...

Maurice se tourna vers la servante. Sur un ton de prière,
afin d'être encouragé par sa présence et son contact, il lui dit :

— Fine, mets-toi ici, près de moi.

A ce tutoiement de maître à l'égard de Finette, Caliste tressaillit de plaisir. Pour ne pas trop révéler sa surprise, il cacha son sourire dans les derniers efforts de ses mâchoires, qui
mastiquaient un morceau de fromage.

— Hé bien, voici père Caliste, déclara le jeune maître. Vous
voyez que Fine est établie définitivement au château !

— Oui, pardi !

— Mais il faut que tout le monde l'y laisse vivre en paix.

— Qui la dérangerait ?

— Caliste, quelqu'un jouirait pas de toute sa raison. Adrien
par exemple. C'est un intrigant, le drôle !...

— Oh ! oui, répondit Finette.

— Il est aisé d'arranger nos relations au gré de chacun, ajouta Maurice.

— Tout vous paraît aisé, Monsieur.

— Aujourd'hui que je vous connais beaucoup, je tiens à vous tous. Adrien, pour qu'il ne m'agace plus, nous pourrions le marier.

— Oh ! Oh !... A qui ?

— A Pauline. D'une pierre, nous ferions deux coups. Pauline, avec son mari, aurait de quoi occuper son corps, qui la tourmente un peu trop. Adrien, d'autre part, ne vivrait pas loin de Finette ; s'il l'aime, il sera glorieux de la voir en prospérité, et il s'humiliera devant elle, d'autant plus qu'il la verra s'embellir à mesure...

— Tout ça, Monsieur, est très bien ?...

— Ah !...

— Oui... Et vous avez, au moins, songé à toute ma famille ?

— Oui. Que faites-vous de Reine ?

Caliste haussa les épaules.

Une larme roula sur une de ses joues, plus ridées que l'autre. Finalement, il répondit :

— Pécaïré, je ne sais que faire de celle-là.

Maurice songeait, ou peut-être n'osait exprimer son sentiment. Ce fut Finette, qui déjà devinant les inspirations de son maître, murmura :

— On pourrait la marier avec Sidore.

Les deux hommes, aussitôt, se concertèrent du regard.

— Moi, j'approuve, dit Caliste.

— Moi aussi, ajouta Maurice. Et je crois, père Caliste, que les gens de l'Espigne n'auront pas à se fâcher de moi.

— C'est vrai, Monsieur.

Père Caliste se leva, mais avec lenteur, après Fine et Maurice, en poussant un bêlement de gaieté narquoise. Il était rouge comme le feu. Le vin, le bon pain et la viande, et aussi tant de félicités à la fois, le grisaient au point que, dans ses premiers pas, il titubait.

— Venez voir la chambre de Fine, lui dit Maurice qui éprouvait une impatience de propager hors de lui, sur ses semblables devant Dieu, ses joies de foyer.

Cette chambre se présentait encore avec un certain désordre et presque nue. C'est là que les parents de Maurice avaient vécu, là qu'il était né. En face, s'ouvrait sa chambre de seigneur.

Caliste, suffoqué d'orgueil, ne pouvait parler.

Néanmoins, un chagrin lourd lui pesait sur l'estomac. C'est qu'il ne pensait qu'à ses intérêts, à sa carcasse et à celle de sa maison. Devant les bienfaits de Maurice à l'égard de Fine, il imaginait les bienfaits énormes qui seraient consacrés au père de la servante, si Maurice, dans ses largesses, apportait de la logique et du bon sens.

M. Maurice pouvait, sans hésitation, lui donner ses bénéfices. Rien qu'avec cent écus, Caliste serait content. Pour cette fois !... Ensuite, quand tous les enfants seraient établis, on s'arrangerait mieux.

Remuant en lui, sur le seuil de la chambre de Fine, ses rêves de fortune, Caliste ricana d'allégresse, puis, tout d'un coup, il tapa gaillardement sur l'épaule de M. le comte. Celui-ci, sous la honte d'une telle familiarité, se détourna stupéfait, et avec une autorité altière toisa le paysan, qui baissait les yeux.

Les deux hommes descendirent.

Fine, comme pour affecter un désintéressement de jeune fille bien apprise et amoureuse, demeura seule, à ranger sa chambre.

Dans la cour, les deux hommes se saluèrent. Maurice, en souverain, déclara :

— C'est donc entendu ?... J'offre d'obtenir l'exemption d'Adrien, et de conclure les deux mariages au plus tôt.

Paraitre…
Rapportez-moi les réponses de votre monde…
— Oui, Monsieur.
— Allons, bonsoir.

Caliste se sauva.

Le lendemain, Caliste ne manqua pas d'obéir au seigneur de Vitabelle. Dès le matin, à huit heures, il frappait chez Dolphe où Suzanne, qui était seule, épluchait des pommes de terre.

M. Maurice avait vu Caliste traverser la cour. Il le rejoignit sur le seuil, s'écria :

Fine servait, Finette en tablier blanc, endimanchée d'une robe bleue (page 57).

— Hé, hé !… Père Caliste !… Vous n'êtes pas en retard ! Rapportez-vous au moins les réponses ?

Caliste montrait une face béate, réjouie de contentement et d'espérance.

— Oui, Monsieur, répondit-il. J'apporte tout. Avec moi, le travail ne traîne pas. Et… où est-elle ?

Il n'osait prononcer le nom de Fine, ni l'appeler sa fille. Cette richesse du château où il était admis deux jours de suite, l'effrayait presque, en élevant si haut son orgueil de père. Il éprouvait, comme devant la croix des églises, une vénération de dévot.

Fine n'était pas encore descendue de sa chambre. Pour la première fois de sa vie, elle dormait sa grasse matinée.

— Venez avec moi. Nous causerons plus à l'aise chez moi.

— Oui, Monsieur.

Caliste, ainsi qu'un chien, suivit le maître dans la cour, entra doucement dans la salle à manger. La table était recouverte du tapis de drap rouge et noir, où, durant les longues veillées d'hiver, Mme la Comtesse mettait ses aiguilles, ses pelotons de laine, sa boîte à ouvrage. La physionomie de cette pièce, en son bien-être de campagne, n'avait pas changé. Pourtant, la morte était, selon l'ordre de toutes choses, oubliée dans la maison.

Caliste admira, d'un regard curieux, mais sans envie, ces trésors de meubles, de parures, qu'il avait mal aperçus, la première fois. La veille, il était troublé par son appétit, pendant le repas, et après, par l'élan de ses rêves. Maintenant, il s'efforçait de garder son sang-froid, il se pénétrait de toute sa science d'égoïsme et de ruse.

La porte, la fenêtre closes, le père de Fine et le seigneur du château s'assirent à table, en face l'un de l'autre, avec un sentiment de complicité. Un silence régna. Caliste, anxieux, s'agitait entre les bras de son fauteuil.

— Hé bien ! demanda Maurice. Avez-vous bien réfléchi à nos affaires ?

Paisiblement, avec une assurance d'entêté, Caliste pencha son front.

— J'ai réfléchi à tout, de concert avec Philomène, qui est une femme d'honnête conseil.

— Alors, nous pouvons marier Sidore avec Reine ?

— Parfaitement.

— Et Adrien avec Pauline ?

— Adrien, à la vérité, s'est fait tirer le nez. Mais sa mère, qui veut, elle aussi se marier, et chacun le sait, avec le garde Ambroise, lui a forcé sa résolution, en le menaçant de le déshériter.

— Adrien a eu tort. Chez moi, il ne manquera de rien.

— Il l'a compris, d'ailleurs.

— Quant à Fine, elle ne vous regarde plus... A moins, ajouta Maurice, qui plaisantait, qu'elle ne veuille retourner à l'Espigne.

Caliste voulut s'amuser aussi.

— Elle n'y retournerait qu'avec vous, Monsieur !... Mais alors, où pourriez-vous coucher ?

— Ah ! Ah !... le gredin !...

Tandis qu'ils riaient, Fine entra, sans façon. Caliste, les mains frémissantes, se levait pour l'embrasser.

Mais aussitôt, il se replaça dans son fauteuil. Fine ne l'avait pas remarqué avec plus d'attention qu'un étranger. Elle prit des mains de Maurice une grosse clef, la clef de sa mansarde, qu'elle devait débarrasser de ses hardes.

Déjà, elle s'esquivait, lorsque son maître l'appela :

— Fine, nous partons dans un quart d'heure.

— Ah !...

— Oui, tu viendras avec nous. Nous descendrons jusqu'à d'Espigne. Apprête-toi bien vite.

Le rapace, vraiment ravi de la promptitude qu'un seigneur riche apportait dans ses résolutions, s'extasia :

— Comme vous ne languissez pas en besogne, Monsieur !

— Quoi !... Est-ce que vous n'êtes pas content ?

— Oh ! si, si bigre !... Même, on vous verra avec tant de plaisir à l'Espigne. C'est juste que vous accordiez une visite à ma femme.

— Hein !...

— Mais oui. Philomène serait montée au château avec moi. Seulement, elle est toujours malade...

— Malade !...

— Pardi !... de tristesse, de misère.

— Bien, bien. En descendant à l'Espigne, nous nous arrêterons à la chapelle de Dorgues. Il nous faut voir Pauline, n'est-ce pas, lui annoncer nous-même son mariage, avant qu'elle ne l'apprenne par les commérages de ce pays si bavard.

un pays bavard et jaloux... Ah ! ce qu'on va nous échar
... !...

— Qui ?... Moi ?

— Non, pas vous. On vous craint. Mais nous, les Maurac, qui semblions condamnés à l'humilité éternelle.

— Laissez dire.

— On ne peut pas faire autrement...

Et Caliste, après un silence confus, insinua :

— Et moi, monsieur Maurice ?... Est-ce que vous pensez à nous, au moins ?

— Plus que vous ne croyez.

— Ah !...

Le rapace, dans un souffle de bonheur, ondula de tout son corps. Ses yeux luisaient. Il demanda la permission de remettre sa casquette. M. Maurice lui semblait aussi bon que le bon Dieu. Il le considérait avec respect, avec adoration.

Puis, pour occuper le silence, il donna des nouvelles.

— Vous savez, Toine se marie avec une héritière, en Bas-Languedoc. Oui, une fille d'aubergiste... Oh ! celui-là ! Il a toujours su se tirer d'affaires !...

Fine rentrait, costumée de son dimanche, la figure propre, les cheveux luisants. Et Caliste, ébloui de tant de beauté chez son enfant, s'arrêta brusquement de parler. Il lui souriait, sans la toucher.

— Partons ! ordonna Maurice.

— Sacrédi !... bourdonna Caliste, qui le suivait. Je ne te reconnais plus, ma Finette. Le bonheur éclate sur ta personne, comme la lumière du ciel sur une luzerne du mois d'avril !...

— Marche ! marche !... répliqua Fine, qu'importunait un peu le ravissement de Caliste Maurac. Ne me flatte pas !... Les intérêts du maître sont les miens !...

— De quoi !... et les miens ?

— Les intérêts de Fine et de M. Maurice, d'abord : c'est toi qui l'as voulu ainsi !...

Caliste ne put répondre. Maurice, d'un geste, l'invitait à monter sur la voiture.

C'était l'attelage pimpant de la route de Caussade, les fiers chevaux aux grelots mélodieux. Fine, non sans vanité, se plaça sur le premier siège, auprès de Maurice qui tenait les rênes.

Derrière, seul, ainsi qu'un valet, le père Caliste s'installa. Pour se distraire de tant d'émotions, il regardait, sur le cou brun de Fine, les frisures de ses cheveux. Pour ne pas être comme un niais, il serrait les dents.

A la chapelle de Dorgues, ce fut un grand événement, l'arrivée du maître, de la petite maîtresse, du paysan roué.

Pauline accourut prêter la main à M. Maurice. Elle ne dit mot à Fine ; mais une douceur de pensée se manifesta sur le visage des deux rivales. Francès, pour contenir les chevaux, demeura patiemment à les caresser de sa vieille main tremblante.

— Pauline, dit le maître, nous venons t'annoncer ton mariage.

— Moi !... Avec qui ?

— Avec Adrien, le fils de la veuve Radel.

— Quoi !... le nigaud qui parle toujours des loups.

— Il a du bien. Sa mère jouit de la considération de M. Andour et du garde-champêtre.

— C'est vrai... Hé bé, plutôt que de m'éloigner du domaine de Valdeize, j'accepte ce faraud, puisque M. Maurice le protège... D'ailleurs, je me charge de le dégourdir.

Tous riaient, même Francès, qui n'avait pas très bien compris. Pauline, dans son effusion d'espérances, se jeta au cou de sa rivale de naguère, et toutes les deux, réconciliées par la joie de l'amour, se promirent, ainsi que deux sœurs, un avenir de félicité.

Caliste s'était reposé sur le banc de la table. Il attendait, dans sa fatigue, que le maître enfin s'occupât de lui. Le maître debout, songeait, et son front se ridait de mélancolie.

— Non, ma foi, maugréa-t-il, avec un accent de répugnance, je ne descends pas à l'Espigne. Vous entendez, Caliste ?

— Et pourquoi vous n'y descendez pas ?

— Je ne sais. Mais ne craignez rien. On vous a dit assez que je tiens mes promesses, et au-delà... Pour le moment, sachez que c'est ici, dans cette grange, que nous établirons Reine et Sidore, le lendemain de leur mariage.

— Sidore acceptera ma Reine ?

— Sidore !... Je m'en charge.

Et le maître, se tournant vers Pauline, l'interrogea :

— Toi, voudras-tu remonter au château ?

— Oh ! oui, Monsieur.

— Tu seras la ménagère, Adrien le valet de chambre. Le service d'une maison ne réclame pas tant de science, à la campagne !...

— C'est vrai. On apprend à servir sans s'en douter, comme à manger.

Tandis que Pauline bavardait tout bas à Finette, avec le plaisir de goûter, par sa camarade, à une destinée merveilleuse que son cœur pour elle-même avait imaginée, les deux hommes sortirent. Francès caressait les chevaux.

— Oui, insinua Caliste. Tout ça est très bien, Monsieur. Mais nous autres, les vieux de l'Espigne ?

— Voulez-vous vendre votre maison, votre bout de terre ?

— Ça, hum !... Je ne l'avais pas prévu... Je ne sais pas trop...

Le rapace passait sur son front terreux la manche de sa veste. Puis, considérant le sol à ses pieds, il reprit :

— Si ce n'était pas une mauvaise affaire... Car je ne tiens pas à ma maison autant qu'à mes enfants.

— Hé bien, j'achèterai votre propriété de l'Espigne.

— Alors, où irons-nous ?

— Vous ne quitterez pas votre cher coin de patrie. Seulement, au lieu de vous inquiéter à toujours travailler pour votre compte, vous travaillerez pour le mien.

— Ah ! que vous êtes brave !...

Caliste, dans sa reconnaissance, n'affecta plus le respect que peu à peu il n'éprouvait plus. Il saisit dans ses mains les mains souples de M. Maurice, les lui serra fortement. Maurice, par lâcheté, laissait faire. Fine se sentait heureuse du bonheur de ses parents.

Pauline avait servi du vin. Caliste s'empressa de prendre son verre, et comme il le soulevait, afin de trinquer avec le maître, il s'aperçut qu'il ne restait plus que les deux enfants dans la grange.

Avant de remonter au château, Maurice avait voulu se rendre à la tombe de sa mère. Il se mit à genoux, sur le sol, et, les mains jointes, il pria avec ferveur, il supplia sa mère de lui pardonner, de comprendre son amour de paysan. Une lumière, un bonheur ineffable, se faisait dans son âme.

Sa mère, une paysanne, avait su remplir de satisfactions et de joies l'existence d'un noble ruiné, qui avait couru le monde. Fine, la fille des pauvres de Montpezat, unirait, un jour qu'il entrevoyait si beau, son cœur confiant de simple à sa destinée de maître tout puissant. Et il promit, en ses prières, d'aimer ses morts comme il aimait l'enfant de leur terre Quercynoise.

FIN

Paraîtra prochainement :

DOUCE FIANCÉE

par Edouard PINON

Imp. de la Bourse de Commerce (G. Bureau), 35, r. J.-J.-Rousseau, Paris

9 782019 983598